Deux

AU DIABLE VAUVERT

Stanislas Wails

Deux

Du même auteur

LA MAISON MATCHAIEV, roman, *Serge Safran Éditeur*, 2011

ISBN : 978-2-84626-908-7

Au diable vauvert
www.audiable.com
La Laune 30600 Vauvert

Catalogue disponible sur demande

contact@audiable.com

Yvette

Rien n'est précaire comme vivre
Rien comme être n'est passager
C'est un peu fondre comme le givre
Et pour le vent être léger
J'arrive où je suis étranger

Aragon

1

Clorinde a quoi ? vingt-deux ans à tout casser. Et de jolis cheveux ondulés, comme il se doit. L'air mutin et la poitrine en avant, elle juge le monde avec volupté et inconséquence, comme la plupart des gens qui n'ont pas vécu grand-chose mais toujours intensément – voilà qui aide à se croire à l'abri de la banalité.

Pourquoi Clorinde est-elle entrée dans ce café ce jour-là ? Comment a-t-elle choisi cette place et pas une autre ? Quels mots dans la conversation de ses deux voisins ont attiré son attention ? Je sais sur Clorinde tant de choses qu'elle-même ne sait pas, ou ne sait que confusément. Au fur et à mesure que je la vois, je l'invente. Ou l'inverse. Bref, je me rapproche mais je sens qu'elle est sur le point de m'échapper, et cette liberté m'impressionne un peu : il y a beaucoup de façons d'aimer quelqu'un, mais une seule de l'admirer.

Clorinde ne s'admira pas longtemps dans le miroir accroché devant elle, cette manie de tout retourner, ça l'énerve. Elle a juste eu le temps de distinguer derrière son image les deux hommes flous dont les paroles l'empêchent de lire depuis tout à l'heure. En tout cas, l'un est très brun ; elle se dit que des deux voix, la plus grave est la sienne.

— Pas grand-chose… que tu étais très talentueux, très motivé et très patient. Le seul truc, c'est de mentir au sujet de Lesmaingui, il la hait.

— Il la hait ? De mieux en mieux.

— Il hait tout le monde, tu sais. Ça ne veut rien dire.

— Formidable, Nathan. J'ai raison de toujours te faire confiance…

— Et puis le scénario est presque bouclé, tu n'auras pas tant de choses à faire.

— Tu plaisantes ? Il n'y a aucun dialogue !

— Oui, bon à part les dialogues.

L'homme à la voix moelleuse a un rire d'enfant qui surprend Clorinde. Aimant les tortures à condition que ce soit elle qui se les inflige, elle continue à ne pas se retourner. Se laisse emplir par ces deux voix d'eau, l'une fraîche et lente, l'autre profonde et pourtant bouillonnante. Elle se dit que l'aventure est à portée de sa main. Elle contemple ses doigts, tourne la paume vers le ciel. Laisse ses yeux suivre les trois lignes qui la creusent, s'y évasant de haut en bas, comme un volcan. Puis serre le poing, avec violence – et se dit d'un air convaincu : « Je n'y crois pas. »

— Je n'y crois pas, pas une seconde. J'y vais parce que je ne sais rien te refuser, mais tout ce que j'espère c'est qu'il nous claque la porte au nez.

— Oui… et pouvoir continuer à végéter à la télé, sale planqué.

— Tu veux connaître le fond de ma pensée ?

— Surtout pas…

— Tu es jaloux de ma tranquillité et tu veux m'attirer dans ton monde de requins.

— Et toi par amitié, tu n'as pas le cœur de m'y abandonner ?

— Exactement, ma faiblesse me perdra.

Une nouvelle cascade d'hilarité ponctue la dernière réplique. À laquelle succèdent vite le tintement de quelques pièces sur la table, le bruit de chaises repoussées, de manteaux renfilés. « Allons-y », dit celui qui a ri. Clorinde prend ça pour une invitation, et à peine les a-t-elle laissés disparaître du miroir incliné qu'elle se lève sans plus réfléchir – à la guerre comme à la guerre, emboîtons-leur le pas.

Dehors, le soleil fait se plisser les yeux de la jeune fille. Moi c'est sa témérité qui m'éblouit. À quoi ça rime, Clorinde ? Filer deux garçons dans Paris. Et tout ce bruit soudain, la respiration rauque de la Ville, caisse de résonance à ton coup de folie. Tu ne les as même pas vus de face ! « Justement… c'est bien pour ça que je les suis. »

Donc. L'un est brun, les cheveux faits de boucles très serrées. L'autre, aussi grand, mais châtain. Elle se faufile, s'approche. Elle n'entend plus leurs voix, mais voit enfin leurs gestes. Elle compare leur démarche, leur port de tête, elle essaye de ruser pour voir leur bouche, leurs yeux, mais n'ose les dépasser. Parfois, à la dérobée, elle attrape un profil. Pas encore quarante ans, certes… mais loin de trente déjà.

Ils ont tourné à gauche dans une petite ruelle privée… À ce qu'elle a pu reconstituer de leur conversation, ils vont rendre visite à un réalisateur – Galbert ? Calvert ? – connu. Il ne lui reste plus qu'une poignée de secondes pour faire advenir quelque chose. Mais quoi ? Elle tourne à son tour et les aperçoit, là-bas, sonner à une grille. Elle se mord les lèvres mais ne ralentit pas. Arrive à leur hauteur, les dépasse. Ils n'ont rien vu. Elle n'a rien dit. La voilà qui s'éloigne.

2

Kalpert habite cette maison près d'Alésia depuis plus de quarante ans. Enfin maison... plutôt maisonnette. Trois fenêtres à l'avant, un quart de pelouse à l'arrière, guère plus. Quant à la grille à laquelle ils ont sonné, elle est passablement rouillée.

« Quoi ? » (tonitruant, excédé, sortant de la fenêtre comme dans les contes de fées).

— C'est nous, John !

— Eh bien entre Nathan, entre voyons, c'est ouvert !

La voix caverneuse se noie dans une explosion de toux.

Nathan se faufile le premier dans une pièce en désordre qui tient lieu à la fois de salon et de bibliothèque. Des papiers recouvrent les tables, les murs, dépassent des étagères, s'engouffrent entre les coussins, tapissent une grande partie du sol. Et au fond, de dos dans un fauteuil déglingué, Kalpert en maître des feuilles, le cheveu blanc, hérissé.

— Qui c'est ?

Il s'était retourné, mais dans le contre-jour on ne voyait qu'un nez.

— C'est Simon, Simon Carmain, le scénariste dont je vous ai parlé.

En avançant pour lui serrer la main, Simon fait crisser quelques pages arrachées.

— Vous êtes un ami de Suzanne de Lesmaingui?

— Non, je ne la connais pas.

— Alors continuez ! C'est la médiocrité incarnée. Une productrice, ça ? Elle dégouline d'un esprit de revanche plus fétide que la bave d'un vieil hippopotame impuissant. Nathan, prépare-nous du thé, je n'ai pas dormi de la nuit.

Plutôt que d'interrompre les imprécations que Kalpert débite d'une voix aussi lente que dolente, Simon choisit de s'asseoir sur l'accoudoir d'un vieux canapé en cuir grumeleux. Même s'il aime bien les hippopotames, il préfère attendre un peu avant de l'avouer.

En soupirant, Kalpert se lève. Il veut rapprocher une table basse, qu'un tapis trop épais l'empêche d'avancer. Simon fait mine de l'aider. Kalpert le fusille du regard, mais semble presque déçu que le jeune homme n'insiste pas.

Nathan revient au bout de quelques minutes, qui ont paru interminables à Simon. Kalpert remplit les trois tasses, et prend la sienne avant de se rasseoir au fond de son fauteuil.

— Tu ne remarques rien Nathan ?

Ils se regardent dans les yeux. Simon en profite pour détailler les chaussettes en laine que porte Kalpert. Fascinantes. Des bas presque, pareils à ceux qu'on imagine aux pieds des Tyroliens dans les romans du XIXe siècle.

— Quoi ?

— Tu es là depuis dix minutes, tu ne remarques rien ?

Nathan se tord un peu pour scruter le salon. Les ressorts de son fauteuil grincent. Kalpert, sépulcral, laisse tomber :

— Oui, Titi est mort. Hier soir.

Le vieil homme a croisé les doigts. Il se tourne vers Simon.

— Un bien étrange canari. Il avait j'en suis sûr des pouvoirs extra-lucides.

— Ah oui, tiens. Titi

Nathan ne paraît pas le moins du monde affecté.

— Il cuicuitait comme à son habitude pendant que je travaillais, et hop, raide mort, il est tombé. Je vais le faire empailler.

Simon sans réfléchir lâche :

— Titi est mort, vive Titi.

Il se mord l'intérieur de la joue, et rentre la tête dans ses épaules. Qu'est-ce qui lui a pris ? Après quelques secondes suspendues dans le vide de la stupéfaction – ou de la colère ? – Kalpert éclate de rire. Simon trouve que la joie de Kalpert a de furieuses ressemblances avec les torrents de montagnes, bruyants et impétueux.

Le vieux lion se ressaisit et tape sur le bras de son fauteuil en fixant son assistant.

— Guillaume et Suzanne n'arrêtent pas de me harceler, ils veulent une liste de comédiens ! Dis-leur qu'ils m'emmerdent. Ça n'a aucun sens, les acteurs on les trouve en dernier… on ne les cherche même pas, on les laisse venir, ils s'imposent à ton esprit, ils apparaissent en rêve. Et là tu sais que le scénario est fini. Comment veux-tu que ces béotiens comprennent ça ?

— Je sais, John, mais ils doivent avancer sur quelque chose.

— On n'avance sur rien, ici. Le cinéma c'est pas avancer, c'est tomber, un puits sans fin. Il est même pas question de se casser la gueule, il est question de chuter. Le cœur s'arrêterait presque, tellement ça fout les jetons. Tellement on imagine l'état de sa tronche quand elle aura rencontré le sol.

Sur la fin, il a tourné les yeux vers Simon. Nathan soupire.

— À la limite, on peut peut-être…

— Oui, on peut leur filer une fausse liste, ça je m'en fous. De toute façon, qu'est-ce que tu veux qu'ils fassent quand je viendrai les voir pour dire que j'ai changé d'avis ? Vas-y, fais leur plaisir, mets même leur folle, là…

— Si on met Vuimal on se tire une balle dans le pied. Une fois l'agent contacté, on ne pourra pas revenir en arrière.

— C'est ce qu'on verra !

Il repose sa tasse. Petit geste du menton en direction de Simon.

— Il en pense quoi, d'Isabelle Vuimal ?

Nathan tourne vers Simon un regard interrogateur.

— Vuimal ? Elle fait toujours pareil, mais c'est une bonne actrice. Moi je l'aime bien.

— On s'en fout, c'est pas ce qu'on vous demande. Moi j'aime bien la vendeuse d'abats en bas de la rue, je ne voudrais pas pour autant qu'elle joue dans mon film. Je suis d'accord, cette conne de

Vuimal est une très bonne actrice. Mais elle est complètement hystérique, comme le personnage. Je déteste rajouter du vert au printemps.

— Vous ne trouvez pas que ça fait moins composé ?

— On ne nage bien qu'à contre-courant. Le cinéma français est mort le jour où on s'est mis à croire que n'importe qui pouvait venir devant une caméra avec comme seuls critères d'être « le plus vrai possible » ou « le plus sincère possible ». Chabadabada mon cul.

Ce nouveau coup de sang fait tousser le vieil homme, qui tend une tasse tremblotante en direction de la théière. Nathan la lui remplit, et Kalpert la boit en trois ou quatre gorgées. Quand il repose sa tasse sur la table, il semble avoir oublié la raison de son emportement.

— Ah, John… vous savez que je vous ai trouvé un livre sur von Stuck !

— Non ?

— Si si, Simon en avait un chez lui, avec des reproductions magnifiques.

— Qui ça ?

Nathan lève les yeux vers Kalpert, et voit qu'il ne plaisante pas. Simon, sans marquer la moindre trace d'embarras, attrape la sacoche qui dormait à ses pieds et en sort un lourd volume.

— Tenez, je vous le laisse.

Kalpert ouvre le livre avec un air gourmand.

— Vous connaissez von Stuck, vous ?

— Oui, j'aime bien.

— « J'aime bien »... C'est fou le nombre de choses que vous aimez bien... Comme si c'était ce qu'il y avait de plus facile au monde ! On aime mal, tellement mal, pourtant. Tout ce qu'on aime, on le salit, on le froisse, on le broie, on finit par le délaisser, on l'oublie, ou on le dénature. Les hommes devraient réfléchir à deux fois avant de se permettre de dire à quelqu'un « ma bien-aimée ».

Il tourne les pages, fasciné par les corps lascifs ou noués qui s'y étalent. « C'est cette force-là, cette force désespérée qu'il faudra trouver » grommèle Kalpert, le souffle court.

3

Clorinde s'était postée à l'une des extrémités du passage pour attendre que ses deux proies ressortent. Elle ne cherche pas à comprendre les raisons de cet entêtement absurde. Un pressentiment, un sortilège, une lubie ? Qu'importe. Le grincement de la grille l'avertit que la filature reprend.

Du passage à une rue, de la rue à l'avenue, et la houle citadine qui renaît. Clorinde traverse avec eux, les serrant de près, puis leur laisse un peu d'avance. Elle sent dans son ventre les morsures d'un danger délicieux. Quand elle ne distingue plus que leurs deux têtes flottant dans la foule, elle accélère le pas, remonte le courant. Et a juste le temps de les voir s'engouffrer dans une bouche de métro, comme on se jette dans la gueule du loup. Triomphe. Et soulagement ! « C'est vrai, ça, j'aurais eu l'air maligne s'ils étaient montés dans une voiture. » Ce qu'il faut de hasard pour qu'un Destin existe...

Elle descend l'escalier quatre à quatre, passe le portillon, les retrouve à droite. « Cette fois les gars vous êtes à moi. » Un quai, une rame – que le métro est donc marin ! – une sonnerie enfin. Et les portes qui se referment sur eux trois.

Clorinde fait du mieux qu'elle peut : elle s'assoit face à eux. Ses genoux fort jolis ne les touchent pas, mais presque. Fixant l'extérieur qui défile, elle se laisse de nouveau couler dans les remous de ces deux voix chuchotées. Elle s'y sent bien. Décidément.

Et puis ils se sont tus. Se taisent. Ce silence la tue, elle lutte et très vite n'y tient plus ; alors ses yeux se lèvent. Et la première chose dans laquelle ils trébuchent ce sont les siens. Les yeux du brun. Qui tout de suite les détourne vers son voisin. Celui-ci lui sourit. Non pas à elle, à lui. Elle les regarde, en plein. Les cheveux de l'un, les lèvres de l'autre, ce menton là, oui mais ces mains-ci… Voilà Clorinde bien attrapée, Clorinde dans l'embarras. Dans l'embarras du choix.

« Très bien, si c'est comme ça… » Ni une ni deux, la décision est prise, Clorinde n'aime pas tergiverser. Le premier qui se lève aura perdu. Le wagon tangue, et tous les corps suivent le roulis sans rechigner. Clorinde balance, Clorinde attend. Elle conjecture, parie, frémit au geste de l'un, tremble au mouvement de l'autre. Le souffle court. Amusée en même temps de se dire que ses deux vis-à-vis ne se doutent pas une seule seconde de ce qui va se jouer là, quand l'un d'eux dira : « Bon, gars, j'y vais… »

— Bon, Simon, j'y vais. J'appellerai Kalpert demain, je te tiens au courant.

Les yeux toujours fixés vers l'extérieur, elle réprime un petit pincement en comprenant que la voix grave s'en va. Mais quoi ? Au fond elle sait que l'inverse l'eût tout autant pincée. C'est ça de jouer à pile ou face, il faut bien perdre pour gagner. Très lentement elle se tourne vers celui qui est resté. « Ah bon… le brun ? Tant mieux, maintenant je peux l'avouer, c'est lui mon préféré. Il a les yeux couleur de la mer en hiver. »

Vous ne vous êtes jamais demandé combien de personnes exactement faites pour nous, nous échappaient chaque jour? Chaque semaine, chaque mois, comme vous voulez… c'est pareil. La tripotée de personnes idéales que nous avons croisées sans même les remarquer! C'est toujours à cet instant précis qu'on renoue son lacet ou qu'on court pour attraper le bus. S'il y a bien une chose aisée ici-bas, c'est de rater sa vie.

Fort de cette idée fixe, Simon saute sur toutes les occasions. Néanmoins, un peu timide – trait de caractère si ancré en lui qu'il a fini par préférer le cultiver plutôt que de le combattre – c'est rare qu'il fasse le premier pas. Alors il a mis au point avec le temps un attirail de petites ruses, de regards, de silences, d'invitations discrètes mais persuasives, qui pallient largement son incompétence à draguer. Au lieu de conquérir, il induit; au lieu de cueillir, il s'offre. Dans ces conditions-là, que Clorinde lui adresse la parole ne le surprend donc pas, il doit même croire, le fat, qu'une nouvelle fois il avait tout fait pour.

Parler! Toujours parler. Mettre des mots en avant comme des mains tendues dans le noir pour éviter de se cogner aux murs. Eh quoi! Ce sont nos corps, ces murs? Regardez-les ces deux-là, c'est si flagrant, ça vous claque à la gueule.

Qu'est-ce qu'ils attendent? Embrassez-vous, aimez-vous vite, car la vie qui passe si lentement est en réalité notre ennemie, et cette lenteur est une de ses pires ruses. Ils sont beaux, face à face, perdus l'un dans l'autre, beaux sans même le savoir, sans même y prêter attention. Car c'est toujours comme ça qu'elle se fait avoir, la vraie beauté: elle ne résiste pas à l'évidence d'une rencontre éclairée par tous les possibles, une rencontre qui n'est encore salie par rien.

L'évidence, me direz-vous, l'évidence est toujours évidente après coup. Pourtant ce que recherche Clorinde, Simon l'a, et ce que Simon ne peut supporter Clorinde ne l'a pas. Alors? Est-ce que *pour une fois* tout ça finira bien? Voyons! Toutes les choses qui finissent, parce qu'elles finissent, finissent mal. Je ne dis pas ça parce que je connais la fin, je rappelle juste une règle à laquelle on ne saurait échapper. Une question de logique, pas de tragique. À y regarder de plus près, il y a contradiction dans les termes: comment trouver un moyen de *bien* finir? Si un jour vous avez cette impression, dites-vous que c'est une illusion, et la preuve que rien n'est encore fini.

4

Ils sont descendus à la même station, bien sûr. Il l'a invitée à prendre un verre, quand même! Puis ils sont allés dîner, comme ça. Ils ne peuvent déjà plus se quitter…

— Clorinde? Ça serait un joli prénom pour une héroïne de roman!

— Peut-être… Mais dans la vie de tous les jours, il y a plus marrant…

Afin de ponctuer de façon ondulée ce constat, la jeune fille parvient à faire tomber une mèche sur son œil pétillant sans paraître même l'avoir voulu. Simon la contemple. On pourrait dire avec avidité, mais alors il faudrait préciser un point important : une avidité très discrète. C'est ça, Simon est un garçon des plus discrets. Le camouflage est devenu chez lui une seconde nature. Il met toujours un point d'honneur à ne pas laisser les autres deviner trop vite les vagues de sentiments qui explosent à l'intérieur de lui.

Remué par cette petite mèche qui fait des siennes, il esquisse un geste pour la remettre en place. Il se retient de justesse, et reste la main en l'air, ne sachant plus qu'en faire. Clorinde regarde ces doigts suspendus dans le vide, du coin de l'œil, et se demande un instant si elle peut y voir quelque chose comme une métaphore, ou un présage.

Dans les rues noires, il n'y a plus personne. Ils ont la ville pour eux. Simon, sentant un vide à ses côtés, se retourne. Voit Clorinde arrêtée. « Ça va ? » Elle barre ses deux lèvres d'un index impérieux, son manteau en corolle fait d'elle une fleur aux aguets. Simon revient sur ses pas, deux ou trois, pour la rejoindre près d'une alcôve de pierre. Il écoute la nuit, mais n'entend que sa respiration, menue.

« Pfft, disparu. » Clorinde repart dans l'ombre confortable qui emplit la rue. « C'était un fantôme qui essayait d'entrer ou de sortir. Pas eu le temps d'analyser. Quand ils entrent ils sont pressés, mais quand ils sortent, parfois, ils ont envie de s'épancher, ça vaut le coup d'attendre, certaines de leurs aventures sont drôles » « Ah bon, des fantômes ? » « Même si la plupart, forcément, sont tristes, tristes à vous fendre l'âme. »

À chaque nappe de lumière qu'ils croisent, les plus franches, les plus floues, Clorinde l'air de rien ralentit le pas. Elle a tant envie de revoir les profondeurs marines dans les yeux de Simon.

Le chemin pour aller chez lui serpente le long de la Butte. Au fur et à mesure, leur souffle se fait court, et les intervalles entre leurs mots, plus longs. Ces halètements, ces vertiges, on dirait qu'ils vont bientôt se mettre à pleurer d'émotion. Ne cherchons pas plus loin pourquoi les amoureux aiment tant ce quartier-là.

En entrant chez Simon, Clorinde discrètement sourit. Salon, salle à manger, cuisine, bureau, chambre, tout se tient réuni dans un vaste espace tarabiscoté, tels des amis qui, se sentant bien ensemble, font le vœu un peu fou de ne plus jamais se quitter. « Voilà… Ma tour d'ivoire. » Clorinde, attirée par le ciel, aimantée par la vague des toits, s'approche de la fenêtre jusqu'à s'y plaquer. « Oh, c'est comme d'habiter en haut d'un phare ! » De ses yeux grands ouverts elle boit avidement à cette source sacrée.

Simon farfouille quelques secondes dans une bibliothèque qui couvre un mur entier. « Tiens, c'est ça. » Il n'a pas fait le moindre bruit en rejoignant Clorinde, qui sursaute. *Hitchcock-Truffaut*, elle prend le livre qu'il lui tend. Sans le feuilleter comme n'importe qui l'aurait fait, elle se contente d'approcher son nez du gros mille-feuille rempli de mots pour le humer. Simon sent son cœur trop battre, met ça sur le compte des sept étages si vite escaladés.

« Et monteuse alors? C'est intrigant. Ça t'est venu comment? » demande-t-il dans le canapé, après la première gorgée. Elle a entendu menteuse avant de comprendre de quoi il parle, elle a un sourire qu'il ne saisit pas. « Je ne sais pas, j'imagine que j'aime jouer avec le temps. » Elle allume une cigarette, dans sa bouche bientôt un peu de fumée âcre vient se mélanger au beau rubis du vin. « Mais à la fac, il n'y a aucun cours pratique. Moi qui croyais pouvoir monter, je descends, je descends… » Simon rit, chatouillé par le grain de sa voix, qui s'immisce en lui. La mèche retombe. Cette fois-ci il ose y porter le bout des doigts.

Il n'aurait jamais dû toucher cet enchevêtrement doré. C'est doux et indompté à la fois, une décharge électrique le traverse, lui dévaste l'estomac. Pour faire taire la souffrance, il se penche sur les deux lèvres corail de Clorinde, et plonge.

Même différents, tous les baisers sont les mêmes. Même identiques, ils sont toujours une aventure nouvelle. La frustration peut-être de ne pouvoir manger celui qu'on aime. Sa langue à lui contre sa langue à elle, qui enveloppe et pousse, se plaque, palpe, suce, sursaute, soumet... Virages serrés le long des dents, dangers de l'élan, victoires implorantes. En tout et pour tout, vu de loin : une organisation de l'oubli – et ses mains qui remontent contre le ventre souple de la jeune fille abandonnée, encerclent un sein, bénissent l'autre. Quand le téléphone de Clorinde sonne. S'interrompt. Et re-sonne.

— Merde, c'est le signal d'urgence.

Simon est désemparé par la brusquerie avec laquelle tout s'arrête, mais c'est exactement comme de sortir d'un rêve : les premières secondes, en équilibre entre deux sortes de réalités, sont emplies de douceur. La douleur vient après.

Clorinde le repousse d'une main sur l'épaule, et fait glisser le volet de son téléphone avant que la sonnerie ne s'arrête à nouveau. « Oui, j'arrive », l'appareil regagne le désordre de son sac.

En manteau, dans l'encadrement de la porte, elle se hisse pour l'embrasser dans le petit creux caché derrière l'oreille. « Tu sens bon, on dirait des cannelles. » Elle pivote la tête et leurs lèvres se réunissent puis se quittent dans un soupir presque heureux – elles savent sans le dire que les séparations rendent les choses plus belles. « Attends », Clorinde sort la main de son sac, « appelle-toi. » Il prend le téléphone pour composer son numéro, et quelque chose vibre dans la poche de sa chemise, à la hauteur du cœur.

Simon est trop patient pour se laisser impressionner par une si brève brèche. C'est à peine s'il se met à la fenêtre pour voir s'éloigner en pointillés sa jolie inconnue. Il est seul, son sourire est sincère. C'est un sourire d'enfant qui chuchote à la vie : « Très bien, jouons ensemble à ton jeu, et tant pis pour toi si tu triches, moi je ne joue pas pour gagner. » Pieds nus, il sent le bois sous sa peau, deux écorces qui se reconnaissent en silence. Il se rassoit, les yeux émerveillés par les reflets changeants qui dansent dans son verre. Sous sa tête, le coussin se souvient des épaules, de la nuque, des cheveux de Clorinde. Simon, lui, se laisse submerger par les notes que Coltrane enfile sur la cordelette à demi tendue de la nuit.

Et Clorinde de rentrer chez elle comme une funambule. La ville entière semble prête à s'abîmer dans le gouffre qui vient d'apparaître, la jeune fille ne s'en émeut pas. Elle n'a pas peur, elle savoure, sans aucune arrière-pensée, sa joie.

5

Le matin la trouva fatiguée. Elle se lovait dans les bruits étouffés qui s'exhalent mystérieusement des immeubles parisiens, sans parvenir à se réveiller pour de bon. Comme tous les jours depuis qu'elle habite en ville – au moins un an maintenant – elle essaye de reconnaître dans ces grincements répétés et entêtants le bruit de l'océan qui se frotte au sable de la plage, s'immisce entre les rochers, ou frappe sans se lasser la coque des bateaux. Clorinde a vécu jusque-là au bord de la mer, et elle en garde une farouche nostalgie. Insulaire dans l'âme, c'est ainsi qu'elle se définit. Elle aime les îles. Toutes les îles, rien que les îles. Par conséquent, elle trouve ça incroyablement chanceux d'être née à Jersey, et si son interlocuteur lui fait remarquer que c'est sans doute parce qu'elle y est née qu'elle a développé cet amour immodéré pour l'insularité, elle hausse les épaules, tourne les talons, et n'adresse plus jamais la parole à quelqu'un faisant montre d'un pragmatisme aussi imbécile.

Petite, elle distinguait mal entre les deux mots « mer » et « mère », et longtemps elle pensa qu'elle était issue des amours de son père et de la blanche écume. Elle garde de cette vieille légende enfantine une admiration infaillible pour son géniteur, allant jusqu'à lui pardonner l'étonnante lubie qui l'a poussé à se battre contre vents et marées afin d'imposer à tous, et en premier lieu à sa femme horrifiée, l'idée que leur enfant recevrait comme cadeau de bienvenue ici-bas le plus sublime des prénoms : Clorinde. Elle a beau le trouver âpre et le porter comme d'autres une croix, en aucun cas elle n'eût songé à blâmer celui qui avait pris l'initiative de l'en affubler. Plutôt que de tomber d'accord avec tous ceux qui n'y voyaient qu'une preuve ostentatoire de contentement bourgeois, elle préférait se dire qu'il était désuet et qu'un tel choix ne faisait que souligner le monde parallèle dans lequel vivait son *daddy* adoré. Un univers hors du temps et des modes dans lequel elle s'était glissée insensiblement, à tel point que lycéenne, il lui arrivait souvent d'interrompre ses devoirs pour écouter trois ou quatre fois de suite le long madrigal de Monteverdi racontant comment l'autre Clorinde, la première sinon la vraie, était morte au combat, tuée par la main innocente de Tancrède son amant. Elle ne pouvait s'empêcher de ressentir une inavouable fierté à l'idée d'être en quelque sorte le reflet actuel d'un flambeau si scandaleux d'abord, mais pour finir si beau.

Une conflagration plus forte que la normale, dans l'appartement du dessus, l'arrache à sa tendre paresse. Elle ouvre un œil. Voit son poignet. Et l'embrasse, tout doucement, pour se dire bonjour. Au contact de ses lèvres avec sa peau, l'image de Simon lui traverse l'esprit. A-t-elle donc rêvé tout ça ? Elle tend le bras jusqu'à son téléphone, et voit avec soulagement que le numéro est bel et bien là. Elle l'efface sans hésiter : il ne faut surtout pas qu'elle cède à la tentation de le joindre, elle en a assez fait pour l'instant. « La vie, la vie… » soupire-t-elle, gardant in petto la suite de cet adage d'invention toute personnelle : « … c'est un savant dosage entre distance et rapprochement, la vie. La vie… Un va-et-vient patient entre le dédain et l'envie. »

Et la voilà qui file dans la salle de bain. Hop, hop, hop ! Non, nous ne la suivons pas ! Elle finira par ressortir, il n'y a pas d'autre issue. À la place, écoutons-la chanter. Aujourd'hui, c'est cette vieille chanson tirée de *Gilda*. Sa scène de film préférée. Depuis des années elle se dit qu'il lui faut de toute urgence trouver de longs gants noirs pour compléter son imitation. Oh, ce n'est plus du tout une imitation d'ailleurs. Déhanchement adéquat, épaules aguicheuses et cascades bouclées : les mouvements jaillissent d'eux-mêmes, comme si à chaque fois elle vivait ça pour la première fois. Son interprétation *under the water* lui plaît particulièrement, elle trouve regrettable que le réalisateur n'ait pas pensé à tourner la scène dans un cabaret en plein air, sous la pluie. *Put the blame on Mame, boys...*

Des nuages de vapeur enjolivèrent sa sortie précipitée : son téléphone sonnait. Déjà ! À la fois ravie et désappointée, elle hésite. Prend l'appareil. *God dammit Chip* ! ce n'est que Marie !

— Yo ! Désolée Marelle, j'ai oublié de te rappeler hier soir. Merci pour le coup de main. Enfin... de fil. Timing parfait, t'es de plus en plus pro.

— Il est comment ?

— Oh la la, je dégouline...

— Carrément ?

— Eh eh *stupid bird*, pas carrément, matériellement ! Je sors de la douche, je dégouline sur la moquette. Quant au prince charmant, je ne sais pas. Trop tôt pour dire. Prince peut-être. Charmant sûrement. On verra… Tu vas en sémio tout à l'heure ? Bon, alors la suite au prochain numéro, *as they say*…

Le sourire de Clorinde ! Qui, sur ce, raccroche, se sèche, s'habille. Avant de plonger dans un grand bol de café.

6

Simon, pendant les jours qui suivent, joue à colin-maillard avec sa mémoire. Plus il se souvient de Clorinde – de la douceur de son cou, de son regard ourlé, de son rire imprévu et grave – plus il repousse le moment de l'appeler. Lui dont l'existence n'est emplie que du silence froissé du temps qui passe, voilà qu'il s'invente des tâches urgentes, des corvées incontournables, des courses absurdes à l'autre bout de la ville, afin de justifier l'immanquable réponse – « Oui, oui, demain ! Promis » – faite à celui qui, en son sein, s'impatiente. C'est que pour l'instant, les journées passées loin d'elle ont un goût particulier, un goût fugace qu'il veut apprécier avant qu'il ne disparaisse. Le goût du pas encore.

Simon est de ces natures velléitaires pour qui rêver vaut bien vivre. Né trente-sept ans plus tôt en banlieue parisienne dans une famille un peu terne qui compensait son manque d'imagination par une confiance sans bornes envers la toute-puissance de la gentillesse, il s'est toujours senti à part, comme parachuté au sein d'un cocon agréable mais qui ne le concernait en rien. Très tôt, il s'était habitué à l'idée qu'il ne trouverait probablement jamais le chemin qui l'aurait ramené à son vrai destin, à sa vraie famille, et plutôt que de choisir la voie de la rébellion ou du courroux, il opta plutôt pour un vague étonnement. Il avait à peine neuf ans quand il décida que de ne pas comprendre quelque chose ne serait jamais pour lui une raison de ne pas l'aimer. Et il s'y tint avec tant d'application, qu'insensiblement il en vint même à se dire que de ne pas comprendre quelque chose était somme toute une très bonne raison de l'aimer. Bon an mal an, le petit garçon était en train d'acquérir un talent dans lequel il allait exceller : celui de savoir accepter. Oui, si je devais le résumer, je dirais sans aucun doute que Simon accepte comme personne.

À dix-huit ans, Simon ne ressemblait en rien à ces adolescents hâtifs d'en découdre avec les « vrais problèmes », grisés de se lancer bientôt sur l'océan houleux de la vie, le front haut face aux tempêtes terribles qui s'annoncent. Il ne voyait aucune raison de quitter si précipitamment un état qui lui plaisait, pour un autre qu'il ne connaissait pas et pour lequel il ne se sentait aucune disposition particulière. Mais un problème, de toute évidence, avait échappé à la sagacité de Simon : passé un certain âge, quand on prend goût à l'insouciance, elle devient un sacerdoce d'une implacable intransigeance. On ne peut s'y consacrer à moitié, les jours pairs par exemple, laissant les jours impairs voués à régler les problèmes, les factures, ou les affaires courantes : non, tournez la question dans tous les sens, il n'y a pas d'intermittence de l'insouciance, c'est un travail à temps complet. Et s'il y a une chose que l'on peut affirmer, c'est que Simon y prit goût d'une façon merveilleusement rapide et durable – aiguillonné sans doute par les mésaventures qui fondaient sur tous ceux qui, autour de lui, avaient eu l'imprudence, pour ne pas dire l'impudence, de se penser plus forts que l'adversité.

À l'époque où son chemin croisa celui de Clorinde, il s'était fait à l'idée, sans même s'en rendre compte, qu'il resterait pour toujours un éternel adolescent.

7

Les premiers temps, Clorinde tressaille bêtement quand son téléphone sonne. Ce n'est jamais lui. Le matin dans son lit, l'après-midi en plein soleil, le soir au milieu d'une conversation, elle fait jouer le volet de son portable, espérant découvrir un message de Simon. Rien. Une semaine passe. Dix jours. Puis elle ne compte plus. Elle se laisse aller quelquefois à regretter de ne pas avoir suivi l'autre, celui qui s'était levé le premier. Non par dépit, plutôt par superstition, comme pour éperonner à distance la fierté de Simon.

De toute façon, pour éviter les déceptions, elle a pris l'habitude de repousser tout ce qui peut ressembler de près ou de loin à l'expression d'un espoir. Elle se plaît à croire qu'espérer, c'est déjà à moitié échouer, l'important n'étant pas de participer, mais de réussir. Une fois qu'elle a déterminé tout le potentiel qu'une situation peut contenir, elle choisit un cap, et cesse de réfléchir. Elle sait que le plus sage est de toujours laisser faire les choses – à condition d'avoir su les choisir avec circonspection – car les choses, elles, ne se trompent jamais.

Enfin un jeudi, Simon l'appelle ; elle n'a pas à feindre la surprise quand elle reconnaît sa voix. Son cœur bat plus vite qu'elle ne l'aurait cru. « Demain ? Non. Enfin, je veux dire non, je n'ai rien. Très bien. »

Clorinde arrive tard. Elle frappe un simple coup. Simon sent à cet instant-là les ombres retenir leur souffle.

Ils reprennent là où ils se sont arrêtés. Le bois, la nuit, la salive mêlée, la douceur d'un moment sans bordure, et dehors qui veille sur leur première étreinte le Sacré-Cœur, malicieuse arche de Noé échouée à jamais au-dessus de Paris endormi.

Chacun avait su arriver devant l'autre l'esprit libre de toute attente préconçue, mais cela n'aurait pas suffi. Il se trouve que par-delà l'attention, par-delà la surprise, par-delà la satisfaction de voir s'aligner le désir et l'abandon – comme dans le ciel parfois s'alignent le soleil et la lune pour réussir une éclipse belle et fugace – leurs deux corps se reconnurent. Simon en l'enlaçant ne peut plus dire où commence le dos de Clorinde, où s'arrêtent ses bras. Fondus l'un dans l'autre, ils semblent ne continuer à bouger que pour vérifier, incrédules, que même en mouvement, ils sont devenus l'Immobilité. Centre invisible d'un univers qui n'existe pas.

Ils en ont tant appris l'un sur l'autre en quelques heures, peau contre peau, qu'après l'amour, ils ne savent que se dire de plus. Trop d'informations d'un coup, reçues trop vite. C'est boire un vin fort sans reprendre haleine, ils sont saouls l'un de l'autre. Allongés en travers du lit, ils essayent d'oublier la vérité qu'ils viennent d'effleurer, brûlante braise dont l'évidence est encore plus opaque qu'un mystère.

Et puis Clorinde prend appui sur ses deux mains à plat, embrasse une paupière après l'autre de Simon alangui, et saute sur ses pieds : « J'y vais », n'osant lui demander si elle pouvait rester.

Puisqu'elle veut partir, il ne la retient pas. Enfin si, quelques secondes, le temps d'embrasser une dernière fois ce cul parfait ! Après, la nuit pourra faire de Clorinde ce qu'elle voudra : il n'est pas, on le sait, du genre à regimber.

La porte derrière elle si doucement tirée ? Un soupir. Pas de désappointement, non, plutôt comme en musique : une certaine forme de silence. Voilà, c'est cela, jusqu'à leur prochaine rencontre, le silence aura pour Simon la forme – les formes – de Clorinde.

Nu sur son canapé, savourant sa solitude retrouvée, il allume une cigarette, pour le plaisir de contempler les volutes de fumée s'enrouler dans la nuit. Comme tout à l'heure les cheveux de Clorinde autour de ses doigts. Fumée translucide, si légère, comme la salive de Clorinde à la sienne mêlée. Elle ne lui manque pas, il a l'impression que son souffle est tout imprégné d'elle. La jeunesse de Clorinde est si éclatante, si résolue, que même partie la jeune fille reste là à flotter. Son souvenir l'entoure encore plus sûrement que ses bras.

8

Sans que jamais entre eux un mot n'ait été échangé à ce sujet, leurs rencontres furent d'un commun accord placées sous le signe de la légèreté. Sont-ils heureux de ne rien se promettre, ou soucieux de ne pas s'imposer trop vite l'un à l'autre ? Quoi qu'il en soit, ils glissent à la surface des choses sur la pointe des pieds. À pas de loup. Tout juste un effleurement, une caresse, comme s'ils avaient peur de réveiller quelque terrible ennemi.

Ils ne se voient qu'une fois le soleil couché. Malgré leur bonne volonté, au bout de dix minutes à peine leurs lèvres se rejoignent, leurs membres se mêlent, leurs peaux vite mises à nue s'appellent. Ils ne peuvent trouver l'apaisement que dans l'embrasement.

Et puis, pendant les moments de répit, au creux de l'ombre, ils reprennent pied ensemble sur la même berge. Calée entre les bras de Simon, le dos nu contre son ventre chaud, Clorinde raconte la mer, les embruns, le soleil voilé ou les éclairs de nuit. Lui l'écoute, le nez plongé dans l'algue de ses cheveux. Parfois, c'est elle qui se tait, alors Simon, les lèvres plaquées contre une de ses oreilles, invente des histoires anciennes, aux reflets de vieil or et aux odeurs d'encens. Ils grappillent dans la lueur des bougies des grains de raisin, qui donnent à leurs baisers ensuite quelque chose de frais, de vigoureux, et cependant d'un peu mélancolique.

Ils s'étaient d'emblée donné des airs de conspirateurs. Par jeu. Mais Simon n'arrivait plus à s'en passer, et peu à peu, ce léger pas de côté, ce tout petit décalage avec la réalité les avait enivrés. Enfermés l'un avec l'autre, l'un dans l'autre, ils se construisaient un monde coupé du Monde. Rien que pour eux. Deux fantômes. Non, pire : deux vampires. Et bien avant que le soleil ne réapparaisse, Clorinde, comme un courant d'air, filait.

Ils retiraient un avantage inouï de se voir si peu, et en cachette : ils se manquaient ! Quand ils savaient qu'au soir ils se retrouveraient, les journées étaient longues. Sinon, elles étaient vides. Seuls pouvaient les remplir le souvenir de l'autre, l'écho de sa voix, l'attente de ses caresses. Clorinde souffre bien un peu de cette ascèse, que rien au fond ne justifie, mais quand, du bout des lèvres, elle ose s'en plaindre en riant, Simon la fait taire d'un baiser. Alors elle cède, profite des quelques heures de douceur arrachées à la nuit, puis dit avec le même entrain que la première fois « J'y vais ! » Espérant toujours qu'il lui dise « Pourquoi ? » En vain.

Elle avait remarqué qu'il n'aimait guère parler de lui. Il répondait aux questions sans trop de conviction, comme si son vrai désir eût été d'éluder. Elle prenait donc un malin plaisir à le tarabuster. Quand il lui raconta comment il venait d'être engagé pour récrire un scénario avec John Kalpert, elle fit évidemment l'étonnée.

— Un film, de cinéma ? Un vrai de vrai ? La classe !

— C'est sûr, ça va me changer de mes bandes-annonces.

— T'imagine, la maîtresse d'un scénariste… Non, mais la classe !

— Arrête ou je vais de ce pas me faire imprimer de nouvelles cartes de visite. « Simon Carmain : la classe ! »

— Oh oui ! Et moi « Clorinde Bloed, Muse ».

— C'est désuet, ça ne se fait plus.

— Pauvre plouc, y'a pas plus *up-to-date*. Bon, et ce Kalpert c'est qui ? Jamais entendu parler. Un petit jeune plein de promesses ? Il est mignon ? Peut-être qu'il veut une muse, lui. Faut que tu me le présentes !

— Ah, ah ah, si tu le voyais ! Et puis jeune, non, on ne peut pas dire. Enfin, ils t'apprennent quoi en cours ? John Kalpert ! Aïe…

Clorinde venait de tirer d'un coup sec sur un cheveu blanc qui semblait perdu dans la masse noire des cheveux de Simon.

Il la regarde, mi-incrédule mi-fâché, puis bascule sur son corps nu, offert. Sa peau claire se fond dans la pâleur des draps. Simon la tient par les poignets, Clorinde se débat. Mais ses yeux rient.

— J'aime tes yeux, j'aime tes yeux, j'aime tellement tes yeux.

— Et ce film, ça parle de quoi ?

— Ils ont ce petit filet d'or, là, tout près du bord.

— Un filet d'or tout près du bord. Ce ne sont pas des scénarios que vous devriez écrire, monsieur Carmain, mais des poèmes bel et bien.

Remontant dangereusement un de ses genoux, elle réussit à le faire pivoter et se retrouve à califourchon sur lui.

— S'attaquer à une pauvre fillette sans défense ! Vous n'avez pas honte, monsieur Carmain !

Malgré ses deux poignets toujours emprisonnés, elle veut l'obliger à lâcher prise en agitant les bras, mais il use de sa force pour refermer leurs quatre mains derrière la nuque de Clorinde. Les yeux plantés dans ses yeux, il attire lentement ses lèvres à ses lèvres. Elle dit non, non, non, ce qui donne à sa bouche la forme exacte d'un baiser. Qu'il lui prend. Qu'elle lui donne.

Les secondes, les minutes, quand deux souffles se mêlent, n'ont plus cours. Ils se noyèrent longtemps. Les mains de Simon glissèrent sur le dos de sa belle, tout du long, et vaincu par tant de douceur, par tant de langueur, il finit, pantelant, les bras tendus sur le matelas, comme sur une croix.

Clorinde se redresse faraude.

— Une capitulation ? Déjà ? Tancrède, tu me déçois !

— Je n'en peux plus.

— Quoi ? Mon charme est donc de si courte durée ?

— C'est l'inverse, tout l'inverse ! Vous me subjuguez, cruelle princesse.

— La belle affaire !

— Plaignez-vous ! Je suis amoureux de vos cheveux, petite garce. Je suis amoureux de votre front, de vos joues, de vos dents…

— Fais attention, elles mordent.

— Amoureux de vos seins, de votre nuque, de vos cuisses.

— De ma chute de rein ?

— Un vertige ! Amoureux d'elle en premier lieu. Mais aussi de vos paumes, de vos sourcils, de vos épaules, de vos replis…

Et joignant le geste à la parole, il plaque un baiser dans le creux de son coude. Ses lèvres en claquant font le bruit d'un clapotis au fond d'une grotte marine. La peau qu'il y trouve est beaucoup trop douce, trop tiède, pour ne pas s'y baigner complètement.

Chatouilleuse, chatouillée, elle riait. Il en profite pour la faire chavirer à nouveau sur le dos. Elle le sent peser de tout son poids sur elle. C'est écrasant, de bonheur.

— Et puis de ta gorge, de tes chevilles, de tes pieds, de tes cubitus…

— Mes cubitus ?

— Tes cubitus, tes humérus, tes tibias… et même tes carpes et tes métacarpes…

— En somme tu es amoureux petit bout par petit bout. Mais de moi, tout entière ?

— De toi ? Tout entière ? Ah non je m'en fous.

Et en guise de point d'exclamation, il se glisse au plus profond d'elle d'un coup de rein précis, mais doux.

9

Nathan avait très vite compris que Simon lui cachait quelque chose. Ou plutôt quelqu'un. Peine perdue ! Ils se connaissent depuis beaucoup trop longtemps, de beaucoup trop près, pour pouvoir prétendre au moindre secret. Aux yeux de la plupart des gens, Simon est… quoi ? Un galet, un galet bien poli. Pas pour Nathan, oh non. Simon, impassible ? Quelle absurdité ! Une simple inflexion de voix, quelques secondes d'hésitation avant de répondre, ou la façon, à contretemps, de rire, de soupirer que soudain il a, renseignent à la seconde Nathan sur les épreuves ou les plaisirs dans lesquels barbote son ami. C'est encore plus facile quand il s'agit d'une nouvelle conquête : ses gestes deviennent engourdis, comme d'un reptile un peu, et tout son corps vous prend un de ces airs flâneurs ! Les brunes le rendent arrogant, les blondes plutôt gouailleur. Les rousses, il faut voir, c'est moins évident. Les premiers jours c'est surtout ses yeux qui changent, on y voit une petite lueur trembloter, vous savez ces étincelles prêtes à devenir incendie ; et les derniers… Les derniers lui donnent un teint de cendre ; à bien l'examiner, n'importe quelle fille pourrait savoir presque avant lui qu'il va la plaquer.

— Ton étiquette dépasse.

Simon se contorsionne pour regarder l'arrière de son maillot de bain, et rentre d'un pouce paresseux le petit morceau de nylon blanc. Ils tournent à angle droit en direction de la pelouse, voluptueusement étalée au soleil. Le contact de l'herbe ravigote les plantes de pied de Simon qu'une utilisation prolongée de palmes a meurtries. Nathan déploie sa serviette afin de s'y coucher. Lui se laisse tomber à même le gazon, épuisé.

— On a fait combien ?

— Quarante. Deux kilomètres.

— Hein ? T'es malade, depuis quand on fait deux kilomètres ? C'est pour ça que c'était interminable.

Sachant qu'il est inutile d'attendre une réponse de son bourreau, Simon furète dans son sac à dos. Il en sort un tube de crème solaire. La main en visière, Nathan le regarde s'étaler ça à grandes louchées.

— C'est qui ?

— Qui ?

Simon tourne les yeux à gauche, à droite. Nathan directement au ciel.

— La fille ! Avec qui tu sors.

— Comment ça ?

Simon pour gagner du temps se badigeonne le visage. Bouche cousue, yeux fermés, parfait…

— En tout cas elle est blonde, cheveux longs, ondulés, et elle est plus jeune que toi !

— Quoi ? Tu nous as vus, où ça ?

Il se mord la lèvre. Triple buse ! Comment peut-il se trahir aussi facilement à chaque fois ?

— Non, je ne l'ai pas vue, mais je ne demande pas mieux que de rencontrer quelqu'un qui te met dans un état pareil. Tu me la présentes quand ?

— Je ne te la présente pas.

Nathan se redresse. Simon en perd plus d'assurance encore.

— Pas particulièrement, je veux dire. On s'en fout. On verra.

— Ah ouais, t'es accro.

— Nath c'est très pénible, cette façon que tu as de tirer des conclusions à partir de rien.

— Elle s'appelle comment ?

Simon a beau lutter, il sait que de toute façon il finira par tout lui raconter. Il veut certes préserver son secret, mais d'un autre côté, un secret n'est-il pas plus délicieux quand les autres sont au courant de son existence ?

— Clorinde.

— Ah bon ?

— Quoi, ah bon ? C'est ça que t'as à dire : ah bon ?

Nathan fronce les sourcils.

— Viens, on l'appelle.

— Mais non.

— Si, on l'appelle, j'ai envie de parler à Clorinde.

— Pas moi. Et puis on ne s'appelle pas trop, c'est pas le style.

— C'est quel style ?

Simon hausse les épaules.

— Dis-moi au moins ce qu'elle fait dans la vie.

— Des enquêtes…

Des enquêtes ! Voilà qui pour Nathan sent bon le cigare et le gin. Lui, il n'aurait jamais su planquer des heures dans une vieille Simca à la couleur indécise, prendre en filature des concierges à l'air louche, jouer du sourcil pour soutirer une adresse à des standardistes interlopes, rester impavide sous les coups rageurs d'un mac à cran. Et puis au gin il préfère la Suze. N'empêche, c'est exotique.

— Elle est détective privée ?

— Qu'est-ce que tu racontes ? Des enquêtes téléphoniques.

— Ah. C'est pas un métier.

— Elle est étudiante, sinon.

— Eh eh eh : « Sinon » ! J'en étais sûr. Elle a quel âge, vas-y ?

— Je sais pas. Genre vingt-trois, par là…

Nathan siffle.

— Pas mal. Étudiante en quoi ?

— Tu vois pourquoi je ne te raconte pas ce genre de trucs. On te donne un petit doigt et toi tout de suite tu voudrais le bras en entier.

— Étudiante en quoi ?

— En cinéma.

— Simon ! Ne me dis pas que tu as profité de ta future grande carrière de scénariste pour abuser une petite étudiante naïve et fragile ? File-moi ton téléphone, il faut que je lui parle…

Comme s'il voulait manifester le plaisir d'avoir été sollicité, ledit téléphone émet une cascade de notes perlées : un message !

— C'est elle ? Si c'est elle, on l'appelle.

Les mains grasses de crème, Simon ne parvient pas à faire jouer la fermeture éclair. Nathan lui arrache le sac et sort le téléphone en riant.

— « Ta peau me manque, tes lèvres sur moi… On se voit cette nuit ? » D'accord, je vois le style.

— Nathan ! Donne-moi ça.

— Sûrement pas, le Destin a parlé : j'appelle Clorinde.

Il appuie sur une touche, esquivant les vagues tentatives de Simon pour l'en empêcher.

— Ça sonne !

— Raccroche, c'est absurde.

Simon maugrée. Nathan sait bien qu'au fond, il espère ne surtout pas être obéi.

Quand Clorinde voit s'afficher le nom de Simon, elle est d'abord inquiète, ensuite ravie.

— Allô ? Qu'est-ce qu'il y a Monsimon ?

— Bonjour mademoiselle. Excusez-moi de vous importuner, c'est pour une enquête…

Cette voix ! Clorinde aurait pu la reconnaître entre cent.

— … En effet, j'aimerais réunir quelques informations quant à une certaine Clorinde, qui semble accaparer beaucoup l'attention du citoyen Carmain, et il paraît que vous la connaissez.

— Un peu, pas plus que ça.

Nathan se prend son rire en pleine figure.

— Dans l'objectif de pouvoir dresser un portrait de cet oiseau rare, je me demandais si nous pourrions envisager un déjeuner, un dîner, une sortie en barque ou quelque autre activité afin de discuter du…

Simon lui arrache le téléphone des mains et le repousse sur sa serviette.

— Ne fais pas attention à Nathan, il est fou.

— Une sortie en barque, remarque, c'est une bonne idée.

— Pour ce soir, j'ai eu ton texto. Ça tombe pas hyper bien en fait.

— C'est vrai, on s'est vu avant-hier. Pardon, j'avais envie. C'est pas malin. Oublie.

Voilà pourquoi Simon déteste parler au téléphone avec elle. C'est comme si soudain, elle était là. Réellement là. Mais qu'il ne puisse pas la voir. Pas la toucher. Quelques lettres sur un écran, c'est tout de même beaucoup plus aisé à contrôler.

— Moi aussi j'ai très envie. Mais je vais chez Kalpert aujourd'hui. On risque de travailler toute la nuit. Demain ? Tu serais libre ?

Voyant que Nathan ne perd pas un mot de la conversation, il lui tourne le dos et baisse la voix.

Il raccroche, il a l'air penaud. Caressant l'herbe comme ça, du bout des doigts. L'autre n'insiste pas.

— Vous en êtes où avec John ?

— Nulle part, gros bordel, tu t'en doutes.

— Suzanne t'a appelé ?

— Je suis au courant, oui, elle veut une version pour le CNC à la fin du mois. C'est un peu mission impossible.

— C'est toujours ce qu'on se dit avec John, et puis miracle ! les choses s'arrangent à la dernière seconde.

— Il me tarde d'y être !

— « Passage et longueur de cierge…

— …Ont plus de force qu'un impotent. » Je sais, je sais. Bon, j'y vais. Tu fais quoi ? Tu pars, tu restes ?

— Bosse bien, petit génie ! Moi, tant que le soleil brille j'en profite. Mes amitiés à Kalpert…

Simon s'éloigne sans se retourner.

— …et embrasse de ma part Clorinde quand tu la verras !

Simon se regarde dans la petite glace des vestiaires, pendant qu'il se sèche les cheveux. Il fait peur. Entre les nuits passées à travailler sur le scénario, et les nuits passées à faire l'amour avec Clorinde, il faut dire qu'il ne dort plus beaucoup. « Rendez-vous, vous êtes cerné ! » Il rigole. N'empêche, blague à part, il se sent talonné. Oppressé. Non, plutôt :

hanté. Cette obsession qu'il a du mot juste ! Il faut toujours qu'il creuse plus profond, pour découvrir la nuance exacte de ce qu'il ressent. Avec, la plupart du temps, l'impression que tout précis qu'il soit, quelque chose néanmoins lui échappe. Hanté, donc. Par le corps de Clorinde, quand il ferme les yeux. Sa peau qu'il ne cesse d'espérer sous sa main. Par les personnages de Kalpert sinon. Silhouettes très floues, mais qui vivent leurs bribes d'existence dans tous les recoins de son cerveau. Pendant qu'il fait la vaisselle, qu'il marche dans la rue, qu'il prend un bain, il se repasse des séquences du scénario, comme s'il essayait de se souvenir d'un film vu il y a très longtemps. Il a l'impression de distinguer les protagonistes de cette histoire compliquée derrière une vitre épaisse. Ils parlent entre eux, leurs lèvres bougent, lui n'entend rien. Avec Clorinde à poil qui danse devant, derrière, pour arranger le tableau ! Il ne contrôle plus du tout son imagination, cela l'épuise.

Il penche la tête – peut-être espère-t-il faire tomber, par surprise, tous les importuns qui y vivent – et passe les doigts dans les boucles de ses cheveux. L'air chaud se fraie difficilement un passage jusqu'à son crâne. Il se fait à lui-même une grimace. Franchement, il paraît combien… trente-cinq ans, trente-quatre au mieux. Comment Clorinde peut aimer ça ? C'est comme si Kalpert sortait avec… avec sa mère ! Quelle horreur, maman ! Il dévie l'orifice du sèche-cheveux vers son visage pour balayer cette effroyable image. Sa mère nue sous Kalpert !

10

— Oh Pamela, ne t'aventure pas sur ce genre de chemin. Tu sais que…

La poitrine de la femme palpite. Son chignon lâche. Déploiement de cheveux noir de jais comme un rideau qui tombe. Lèvres. Rouges.

— Oh Pamela, ne t'aventure pas sur ce genre de chemin. Tu sais que toi comme moi nous le regretterions dem…

Son chignon lâche. Déploiement de cheveux noir de jais. Lèvres. Rouges. Sa poitrine qui palpite.

— Oh Pamela, ne t'aventure pas…

Une porte qui grince? Des feuilles qui bruissent? Lèvres? Chignon?

— Oh, Pamela, ne t'aventure pas sur ce genre de chemin.

Non c'est tarte! Clorinde appuie sur pause d'un doigt rageur. Ces rushes sont absolument imbuvables. Il n'y a rien à en tirer. Elle a beau essayer toutes les solutions possibles, ça reste toujours aussi mauvais. Pamela… Qui s'appelle Pamela? Elle masse sa nuque endolorie et voit qu'il est 15 heures passé. *Fuck*, Scritchenko! Elle referme son ordinateur, le fourre dans son sac et quitte la salle en courant.

Elle arrive dans l'amphi à bout de souffle. Toutes les lumières sont éteintes. Un film passe. Noir et blanc, beau visage de femme, du Bach. Marie est à la place habituelle, elle la rejoint. « *Persona* » lui glisse-t-elle à l'oreille. « T'as rien raté, ça fait cinq minutes qu'on se tape Ullman couchée dans un lit blanc d'hôpital. Elle veut plus parler, que couic nesquick, un traumatisme ou affilié. » Joyeux! Le visage de l'actrice est très progressivement mangé par l'ombre, au fur et à mesure que le soleil dehors disparaît. Clorinde pose sa tête lourde et fatiguée sur sa paume gauche et se laisse bercer par le violon. Pamela, ne t'aventure pas sur ce chemin…

Elle aime bien Scritchenko, mais aujourd'hui elle n'est pas du tout d'humeur à suivre ses raisonnements alambiqués sur l'image trouée, la puissance du hors-champ ou le faux-raccord comme agonistique subliminale. En plus il zozote. Rien que son propre nom, pour lui à prononcer c'est un désastre ! «... procédé que Bergman reprendra dans *L'Heure du loup*, en le radicalisant, en l'inversant, pour subvertir, au sein même de ses films, tout ce qui fait le tragique de l'artiste, dans un geste semi-conscient. » Oh là là, Scritch, évite tous ces « s », c'est à peine si on comprend. Quand il attaque d'un air martial son « Petit deux. Modernité de l'abîme, abyme de la modernité », elle abandonne toute velléité de se concentrer plus avant. Tant pis, elle récupèrera les notes de Marie.

Quelques minutes avant la fin du cours, son téléphone vibre. C'est Simon qui lui écrit. Oui, il est libre ce soir. Comment dans ces conditions rester enfermée ici à se morfondre ? Esthétique ? La barbe : elle va sécher le cours suivant. À peine dit-elle au revoir à Marie, elle a trop envie de respirer dehors le printemps.

Le grand air ! Le vent ! Qu'elle se sent légère. Elle pourrait presque s'envoler. Au lieu de prendre tout de suite le métro, elle file vers la rue de la Liberté, la bien nommée. Elle voit là-bas la flèche unique de cette pauvre basilique, fatiguée, qui surnage. Oh, vieux tombeau des dynasties déchues… « On aime, on est aimé, bonheur qui manque aux rois! »… Victor, enfin, tais-toi. Elle salue Lénine comme pour se racheter, en croisant son avenue. Dans son imagination elle roule dans les bras de Simon. Un, deux, trois, quatre mois déjà, et ça ne se calme pas. Les nuages au ciel avancent, en file indienne, du côté de Paris. De tout petits nuages, pas plus volumineux que des peluches de coton. C'est comme ça qu'elle se sent dans les bras de Simon. Un minuscule bout de coton. Rien qu'un flocon.

— T'étais comment petit?

— Pas grand…

Ils avaient transvasé la moitié du frigo sur le lit, improvisant un pique-nique sans queue ni tête savamment entrecoupé de baisers et de phrases à moitié terminées. Pareils à deux enfants qui transforment pour quelques heures le fond du jardin en jungle merveilleuse.

Clorinde lui mordille le cou avant de reprendre.

— Je veux dire, tu étais fréquentable ou insupportable? Je ne sais pas pourquoi, j'ai l'impression que tu devais être le genre bêcheur.

— Jardinier?

— Un « Monsieur-je-sais-tout-sur-tout » adorant faire la leçon à ses petits camarades…

Elle rattrape in extremis une tomate-cerise qui voulait disparaître dans la fraîcheur tapie sous les oreillers blancs.

— Pas du tout. J'étais bien trop timide pour avoir des convictions.

— Toi, timide? Je t'imagine tellement en délégué de classe toujours classe. Le type inattaquable, qui préfère lire à la récréation que d'aller jouer avec les autres. T'as pas des photos?

— Non… Mais tu sais que j'ai été à Jersey à quinze ans? Un été. Imagine, si ça se trouve on s'est croisés! Toi dans ta poussette, et moi avec mes espadrilles.

— Je crois que je me souviens, t'as raison! Je t'ai regardé droit dans les yeux et je me suis dit: « *Just you wait!* Une petite vingtaine d'années et je te fais ta fête, *sexy boy* ! »

Elle le couvre de baisers sonores, mais il parvient néanmoins à lui répondre.

— Tu sais, la vraie tragédie des timides, c'est qu'ils sont trop timides pour comprendre à quel point c'est sexy d'être timide. Et le jour où ils le comprennent, ils perdent toute timidité et ne sont plus du tout sexy!

Elle se redresse pour attraper une crème brûlée qu'elle ouvre avec gourmandise.

— T'inquiète vieux loup, tu restes dans la tranche du haut, beau comme tu es, tu n'as pas trop de souci à te faire…

Il lève les yeux au ciel. Depuis le temps, s'il était beau, il le saurait !

Il s'était endormi au milieu des reliefs du repas. Comme ça, il est tout à elle. Il ressemble à ce tableau qu'ils ont vu en classe. Cet éphèbe nu que la lune caresse, dans les feuillages perdu. Avec quelques années en plus, mais un identique abandon. Elle débarrasse le lit, doucement, pour ne pas troubler son sommeil. Les verres et les assiettes tintent quand même, c'est joli. Ça fait des boucles d'oreilles à la nuit.

Elle se penche, cherche des yeux ses vêtements épars. Du milieu de ses rêves, Simon sourit. Après tout… oh, après tout ! Elle le rejoint dans le lit et glisse, dans un bruissement à peine, entre ses bras. Si discrète qu'il ne se réveille pas. Mais il la tient serrée jusqu'au matin contre lui, comme on s'agrippe à un trophée qu'on n'aurait jamais cru pouvoir gagner.

11

Simon laisse sonner et s'éteindre le réveil à trois ou quatre reprises. Aux premières notes, Clorinde ouvre un œil : il l'embrasse, elle replonge, voluptueuse, dans les rouleaux du sommeil.

Il lutte d'arrache-pied pour ne pas se laisser submerger lui aussi. Des bribes de mots, d'idées, de sensations, s'amalgament en une mélopée hypnotique et melliflue. Dans ces situations-là, le salut ne peut procéder que du sursaut : sans que rien ne vienne expliquer ou préparer un tel miracle, soudain Simon s'assoit.

Il contemple les deux épaules polies de Clorinde, qui se fraient un chemin timide à travers les bouillonnements de la couette. Il repousse le duvet jusqu'aux cuisses de la belle endormie : le spectacle est si beau, comment Simon pourrait-il s'arrêter à sa contemplation ? Nous nous croyons souvent obsédés par le désir de regarder, c'est en fait un bien triste pis-aller. Si quelqu'un avait déjà vu la douceur, ça se saurait ! Non, notre vraie ambition, c'est de sentir sur toute surface se poser notre paume, nos doigts, nos lèvres. Être si près des choses, collés, qu'il n'est plus possible de les distinguer, seulement les respirer. Seulement les entendre, seulement les embrasser. Nous savions ça enfant : porter tout ce qui nous entourait à notre bouche, laisser notre langue faire connaissance avec le monde en toute humidité.

Il part des fesses, et furète le long de son corps. Enserrée dans cet écrin d'effleurements, la jeune fille tressaille à peine, comme l'eau d'un étang quand vient jouer avec elle le vent.

Arrivé au bord de son oreille, il chuchote. « Debout, ma guerrière, debout. » Clorinde étire ses bras loin sur le matelas, dégageant soudain ses deux seins dans lesquels Simon faillit bien se noyer. Elle ouvre ses grands yeux quelques secondes, lui passe un doigt sur la veine du cou, et vaincue, sombre à nouveau.

Simon, à quoi pensais-tu à cet instant précis ? Est-ce que tu t'en souviens ? Non, comment pourrais-tu ? Même si tu jurais t'en souvenir, je ne te croirais pas, on passe sa vie à la récrire. Tu aurais su au moment où tes lèvres couraient sur sa peau chaude, être assez sage pour ne penser à rien ? Rien de ce qu'avant fut, ou que demain tuera ? Ça m'étonnerait, peu sont ceux qui le peuvent. Et ceux-là n'auraient pas quitté ce lit. Il faut aimer les regrets d'une passion désespérée pour trouver la force d'abandonner le ventre de Clorinde, ses hanches, son cou, et ses poignets.

Toi, Simon, tu t'es levé, joyeux de posséder le courage absurde de tout accepter. Tu as pris une douche froide pour te réveiller, sans t'attarder sur l'idée que l'eau effaçait les traces laissées par Clorinde. Tu t'es promené nu dans ton appartement, une tasse de thé amer à la main, tu as lu quelques pages d'un livre, désuet, en regardant de temps en temps le soleil s'amuser à frôler les courbes si douces de ton amante abandonnée. Tu as laissé fondre dans ta bouche de pleines cuillères de confiture, et là, c'est vrai, tu n'as pensé à rien. Quel art du contretemps ! Habillé, tu t'es penché, pressé, pour laisser un tout petit morceau de ton âme sur la tempe de Clorinde, du bout des lèvres. Elle n'a même pas remué, c'est si léger une âme. « Claque la porte derrière toi en partant, je m'en vais. »

Et Clorinde, à quoi rêve-t-elle ? Cette odeur de feuilles mortes quand Simon a parlé, c'était à la fois soyeux et brusque. Les mots s'étaient déposés au fond de son cerveau, coulant à pic, on verra ça plus tard. Pour l'instant, entortillée dans le bleu outremer des draps, elle referme les bras sur le traversin qui sent si bon, qui sent Simon. Allongée sur son côté gauche, la tête posée dans l'angle du bras, elle profite du silence à qui l'endroit semble tant plaire. L'espace enfle puis se rétracte très lentement, il respire.

Elle saute sur ses pieds, soudain joyeuse. De n'être pas chez soi, on se prend à nouveau au jeu, on sent tout comme démultiplié, on retrouve l'acuité. Clorinde s'émerveille de la fraîcheur du carrelage, de la douceur d'un bol, du brillant d'un inox, de la souplesse des cuirs. Jamais l'odeur du café ne lui a paru plus brutale, jamais le tendre rose d'un jus de pamplemousse ne lui a fait aussi envie. Enfin le monde était plein, non, mieux : le monde était rempli.

Assise par terre dans une chemise trop grande pour elle, Clorinde se met à s'imaginer quinze ans plus vieille qu'elle n'est. Elle pouffe, puis reprend son sérieux, il faut faire ça dans les règles. Mariée à Simon. Bon, mariés… un, deux enfants? Et quoi? Avocate? Oui, c'est parfait, avocate, sexy dans son tailleur moulant. Dix ans de mariage, deux enfants, et elle sent encore la bite de Simon durcir quand il l'embrasse, en pleine rue, fier et comblé. Les week-ends au bord de l'océan. La voiture qui sent le neuf, les enfants sages, à l'arrière. Ava, Lou? Gabriel, Timothée? Mouais… C'est donc une catastrophe. Vieillir c'est se couler le plus calmement possible dans les clichés!

Dehors, le Sacré-Cœur levait un sourcil philosophe, qui ne réconforte Clorinde qu'à moitié. Mon beau Simon, toi tu as compris ça! se dit-elle en sentant affleurer un sourire de tendresse. Que c'est bon de savoir que nous ne serons jamais vieux en même temps, que ces quinze ans d'écart nous sauvent. En même temps! Quelle horreur: en même temps!

Elle termine le paquet de tartelettes au chocolat sans reprendre son souffle. Puis, fonçant s'asseoir au bureau de Simon, elle balaye du regard tous les dossiers, tous les tiroirs avec délice. En aucun cas il n'est question de se livrer à des indiscrétions condamnables. Elle veut juste se conformer à la règle des 4 S, ces quatre sécrétions qu'on doit faire siennes pour connaître un homme jusqu'au trognon: Sueur, Salive, Sperme et Secret!

De toute façon elle n'apprendra sûrement rien qu'elle n'ait déjà imaginé. Elle va se rapprocher, c'est tout.

Délectation de la fouille, ivresse de la curiosité. Simon a une écriture serrée, serrée comme les boucles de ses cheveux. À la fois timide et obstinée. Les lettres se marchent dessus, incapables en outre de suivre une ligne horizontale. Ça monte, ça descend… ça titube ! Il parsème les vides de flèches, d'étoiles, d'accolades. Il y a, incongrues, des additions au milieu de notes de lectures, des listes de mots rares – *adamantin, encoliflucheter, latitant, rapicoler, traluire…* – des listes de courses, de livres, de dates… Et une multitude de petits carnets remplis à moitié de résumés, de citations, de projets. Une débauche d'ébauches !

Dans une pochette déglinguée, elle tombe sur quelques feuilles dactylographiées. Elle parcourt rapidement les premiers paragraphes, bla-bla-bla, bla-bla-bla, puis ralentit à la troisième page : « *Je ne parviens pas à déterminer la part de décision qui incombe à Thomas Minzer dans cette obstination à ne pas écrire. Est-ce les œuvres qui refusaient de venir sous sa plume, est-ce lui qui leur refusait tout accès au monde des hommes ? Puisque même sur ce sujet Thomas Minzer n'a laissé aucune explication, là encore je suis forcé de recourir à des suppositions.*

La grande passion de Minzer, c'était Schubert. Or, il y a toujours un moment, dans les sonates de Schubert où la mélodie agréable et légère prend une coloration inquiétante par un subtil changement de tonalité : au départ tout va bien, la mélodie quand elle se termine revient, se répétant à l'identique, mais soudain, son sourire s'efface, et sans qu'aucun de ses traits ne se transforme, son visage devient grave ou triste.

Ce n'est qu'une minuscule parenthèse disparaissant aussi vite qu'elle était apparue : le mode majeur reprend ses droits, néanmoins cet assombrissement momentané laisse dans l'esprit de l'auditeur un minuscule grain d'intranquillité : il a beau faire semblant, il vient de frôler l'ombre de la mort, ce reflet noir et fugace d'un monde lumineux et robuste qui semble toujours vouloir passer inaperçu.

Je me demande si ce n'est pas ce type d'apparition qui fit tant peur à Thomas Minzer : si l'on part de l'hypothèse qu'il y a entre la vie d'un créateur et l'œuvre qu'il produit le même rapport qu'entre une mélodie heureuse et sa reprise en mineur, tout laisse à penser que Thomas Minzer refusait d'être à l'origine d'une telle alternance dans son existence. Il est difficile de savoir si son but était de se construire une vie toujours lumineuse, ou uniformément sombre, mais tout semblait avoir été mis en œuvre pour éviter le moindre contraste troublant. »

« Enfin Sitrouille, pourquoi tu as toujours refusé de me faire lire ce que tu écrivais ? C'est beau. C'est quoi, un roman, une nouvelle ? Sûrement pas un scénario ! Ça te ressemble. Mais… Serais-tu donc un de ces horribles remetteurs-au-lendemain, Simon Carmain ? Pourquoi ça s'arrête déjà ? »

Elle ne trouve rien d'autre dans les papiers. Elle tapote alors sur le clavier de l'ordinateur jusqu'à ce que l'écran se rallume. Elle fonce sur la correspondance de Simon, mais déception ! Les emails sont sagement rangés par destinataire, toujours très courts, toujours factuels. Un désespérant désert d'ennui. Jusqu'à ce qu'elle tombe sur une oasis. La face cachée d'un astre qu'on pourrait croire éteint, l'éclat de rire sous le bâillon, bref, en deux mots comme en cent : Nathan Vernaux. Encore Nathan ! Ou Than, ou NRV, ou NauxWhere, les signatures variaient. Happée, Clorinde ouvre les emails comme on ouvre un vase canope rempli de viscères, de passé desséché, avec au fond du ventre la peur et l'espoir mêlés : l'espoir de découvrir enfin à quoi ressemble le temps, la peur de le voir s'échapper à jamais. « Comment expliques-tu, Sitron de mon cœur, cette obstination à demeurer caché ? À ne jamais rien montrer ? Et pourquoi Nathan, lui, a la chance d'entrevoir ces quelques pièces d'or ? Comment es-tu avec lui, Sitronel ? C'est vrai ça, comment es-tu avec les autres ? Je ne t'ai jamais vu que nu ! » Cette idée l'égaie. C'est tellement rare, tellement fugace, de voir les gens nus. Clorinde pour sa part aurait du mal à dire comment Simon s'habille !

Saoulée de mots, elle retourne se coucher.

Simon est surpris de la trouver là en rentrant. Ou pour être plus précis, la légère impatience qu'il note en la découvrant dans le lit le surprend. Les lèvres de Clorinde comme un sceau sur ses lèvres apposé, ont tôt fait de noyer cette légère contrariété.

La jeune fille ne commet néanmoins pas l'erreur de passer là une deuxième nuit. Simon est avec elle d'une tendresse désarmante, mais elle lit entre ses lignes : il est persuadé qu'il vaut mieux, plutôt que de savourer trop longtemps la joie d'une complicité sans nuages, se jeter de sa propre initiative dans les eaux noires du manque. Ne pas subir la tragédie de l'éloignement, ni essayer de la contrer, mais la provoquer, la vouloir, l'aimer. Comme si de se porter à soi-même un coup de toute façon inévitable permettait d'en atténuer la douleur.

12

Les amants souvent se demandent, pas seulement à eux-mêmes mais l'un l'autre j'entends, en quoi ils sont aimables, pourquoi ils sont aimés. Eux deux non. Tout ce que Clorinde sait, c'est qu'elle aime en Simon le mystère. Voici quelque chose qu'il serait dangereux d'avouer. Quant à Simon… Simon ne veut surtout pas connaître ses raisons. Pas plus ses raisons à lui, que les siennes à elle. Ce serait dans son esprit profaner tout l'intérêt de l'amour, que de pouvoir à si bon compte l'expliquer.

Le mystère, pour Clorinde, c'est aussi de trouver chez lui tant de patience à son égard, cet étonnant intérêt qu'il lui porte. Un intérêt désintéressé qui ne laisse pas de la fasciner. Sans qu'elle ne l'ait prémédité, sans qu'il ne veuille l'admettre, on ne peut plus nier qu'elle s'attache tous les jours un peu plus à lui. Ou plutôt à son ombre. Cette ombre qui lui tient lieu de reflet.

Il se laissait aller, et il la laissait faire.

Elle menait une campagne discrète et tenace pour connaître un peu mieux ce qui composait son quotidien. Ses goûts, ses dégoûts, ses habitudes, ses principes étaient une mine profondément enterrée où elle aimait partir en expédition, malgré l'étroitesse des boyaux et les ténèbres qui y régnaient.

En l'écoutant raconter ses journées, chez Kalpert ou dans les bureaux de la chaîne de télévision qui l'emploie, elle s'amuse à imaginer la façon dont il se comporte, parle, se tait. Dans ces moments-là elle doit lutter contre une très légère frustration, à sentir tout ce qui lui échappe. Elle a beau guetter chez Simon la même réaction quand elle essaye de piquer sa curiosité, il ne lui renvoie que les sourires sereins d'une pleine et entière satisfaction.

Ne nous y trompons pas, Simon sent bien qu'il joue un jeu dangereux. Poussez trop loin le mystère, et d'un coup vous devenez opaque. Imaginer, vient un temps où l'on s'en lasse. À force. Et Simon accepte tout, sauf l'idée que déjà Clorinde pourrait se lasser. Un jour sûrement, bientôt peut-être, on n'y peut rien. Mais pas tout de suite. Et il se répétait ces trois mots qui sont le refrain malheureux des amants, la prière inconsciente des amoureux : « Encore un peu ».

Clorinde revint tant de fois à la charge au sujet de Nathan que progressivement Simon se fit à l'idée de soulever par ce coin-là le lourd rideau qui camouflait sa vie aux yeux de Clorinde. Et quand pour la dixième fois, Nathan lui intima l'ordre de lui présenter « son étudiante » une bonne fois pour toutes, Simon accepta, ne trouvant plus au fond de lui-même de raisons pertinentes à opposer à son ami. Clorinde fut surprise par ce revirement qu'elle appelait de ses vœux sans croire qu'il pût être possible. Surprise et flattée, mais nullement intimidée : elle insista même pour que le dîner se passât chez Simon et non au restaurant. « Pas de terrain neutre, il vient ici. Ne t'inquiète pas, je m'occupe de tout. »

Et au jour dit, voilà qu'elle déboule dans l'appartement de Simon en plein après-midi, les bras remplis de sacs plastiques ventripotents qui s'échouent sur la table de la cuisine.

— C'est mon anniversaire ?

Des carottes, quelques navets roulent. Le temps de nouer ses cheveux, et Clorinde se rue sur les victuailles.

Simon s'approche malgré tout, et l'enlace par-derrière pour mieux l'embrasser dans la nuque. Une seconde, Clorinde est tentée de fondre sous la pression experte de ces lèvres importunes, mais elle se ressaisit.

— Il te reste du vin, du bon ? C'était trop lourd, et puis je ne sais pas ce qu'il aime. Tu veux bien t'en occuper ?

— Mais qui ?

— Nathan enfin, allez dépêchons-nous !

Simon ne demandait pas mieux : il fait sauter tous les boutons. Clorinde sait profiter un peu avant de protester.

— Non, écoute, tu ne te rends pas compte, on ne sera jamais prêts.

— T'occupe, t'occupe, épluche, moi je te fais l'amour pendant que tu nous fais à manger !

Menaçante, elle se tourne, l'économe à la main.

— Le four, Simon, le four…

— À vos ordres, ma suave. Le monde appartient à ceux qui savent allumer.

Héroïque, Clorinde laisse les mains de Simon abandonner ses hanches. Elle ouvre un paquet, soupèse l'énorme morceau de chair tendue.

— Et un plat, s'il te plaît.

Il la regarde quelques secondes, avec sérieux. Puis sourit.

— Je ne t'avais jamais vu cuisiner ! Tu es belle. On dirait une reine avec ses sujets.

La guillotine s'abat sur le premier navet, sans autre forme de procès.

En descendant chercher le vin, Simon rate une marche, se tord la cheville. C'est un coup de poignard dans le cœur, mais qui passe plutôt vite. Il ne chasse pas les quelques minuscules larmes apparues. Quand il regarde vers le bas c'est flou.

Il boitille, en souriant. Il imagine ce qu'imaginent les gens. Il se dit qu'avec une canne, il aurait peut-être plus de prestance. Oui, une canne. Et une pipe. Il croise son visage dans un miroir, trouve qu'il n'a pas assez de cheveux blancs, en fin de compte.

Même quand il est perdu dans ses pensées, Simon fait attention avant de traverser. Il s'arrête, laisse passer. Il aimerait être celui qui force les autres à s'arrêter. La voiture fait un bruit saugrenu, spongieux, ça doit tenir aux pavés. Tiens, et pourquoi pas un vin chilien ? Il pourrait appeler Nathan, lui dire de ne pas venir, prétexter une blague, un étourdissement, un caprice, un incendie. Et garder pour lui les yeux de Clorinde. Mais est-ce ainsi que les hommes vivent ? – Il ne veut pas de ces expédients-là. Mieux vaut se battre et perdre que gagner lâchement. Après tout, quelle aubaine : le vin rouge a la couleur du sang.

Ce n'est pas que Simon se soit beaucoup entraîné, mais il a ce don de savoir tourner une clé sans qu'aucun son ne sorte, pousser les portes sans peser sur leurs gonds. Il entre en clandestin, se faufile, se fond. Et boit des yeux Clorinde qui là-bas mixe et broie. Et vit, et chante et luit. Et lui ? C'est à peine s'il respire, son corps – flaque – se répand. Il la voit, sans lui là. Certes c'est interdit, seulement c'est tellement bon. Ça y est, il s'imagine mort, Clorinde éplorée ; ou alors n'ayant jamais existé. Et elle de répondre aux questions, les yeux à peine levés : « Simon ? non… » Tout d'un coup il comprend les fantômes.

— Dis donc crétin des Alpes, plutôt que de jouer au courant d'air, tu ne voudrais pas couper la pastèque ? Et puis ferme la porte d'entrée, sinon Nathan ne pourra même pas sonner.

— Parfait ! il débarque et me découvre en train de te besogner, à même les mets, les cheveux en bataille plongés dans la salade, c'est ce que j'appelle une merveilleuse « entrée en matière », et connaissant Nathan, il saura apprécier.

En réalité il espère un regain de conjectures, d'hypothèses, tout au moins de nouvelles questions. Il est prêt à se taire, ou à sourire. À résister. Rien ne vient, ça l'agace.

— Tu l'imagines comment, au fait ?

— Qui ?

— Le prochain pape !

— Nathan ? Je ne l'imagine pas, je l'attends.

Comme si, plaqué contre la porte, il avait entendu, Nathan tarde à sonner. « On aurait eu le temps, on aurait eu le temps » répète sur tous les tons Simon. Clorinde, sereine, se repeint chacun de ses ongles de pied. Il se penche pour souffler, respire à plein nez.

— Hercule aux pieds d'Omphale !

— Lui soumis, et elle triomphale.

Il fait mine de tendre le cou. Pour l'estocade ? Non. Pour baiser l'os saillant de sa cheville menue, profitant de la manœuvre pour s'emparer du flacon de vernis.

— À nous deux marquis !

Elle rit.

Il commence par son pied gauche et par son petit doigt. Le rouge sombre transforme les ongles en terribles écailles.

— On dirait un dragon !

— Et ça t'étonne ?

— Ah non.

Le pouce terminé, il veut tendre la jambe pour admirer l'effet. Il crie presque, d'avoir trop vite oublié sa chute dans l'escalier.

13

Nathan ne sonna pas, il frappa. En entendant sa voix, Clorinde sent un léger voile passer devant ses yeux. Tout se brouille l'espace d'une seconde. Elle se lève et lui tend la main ; il fait celui qui n'a rien vu, il l'embrasse. Quand il croise son regard, il rougit : c'est comme de mordre dans une pomme sure.

Clorinde aime les complots, elle ne croit qu'aux complices. Peut-être d'avoir perçu son reflet sur la surface lisse de Simon, elle le trouve merveilleusement familier. Ses traces partout se lisaient. Nathan était parfait. Et puis la table étant ronde – heureux présage qu'elle nota – chacun se retrouva à côté de chacun.

— C'est vrai ce que m'a dit Simon, Clorinde ? Vous vous destinez à devenir monteuse ? Ce sens du sacrifice m'impressionne.

— Voyons Thanatos ! Depuis quand tu vouvoies les jeunes filles la dixième minute passée ?

— Je préfère. Ça vous gêne ?

— Qui ? Moi ou nous ?

— Non, vous : toi.

— Moi du tout, continuez, ça me plaît.

— Mon cher vous êtes prévenu, si vous la vouvoyez, j'en ferai tout autant.

— Épatant ! Il ne nous manque plus qu'un paletot, des moustaches, une montre-gousset, un canotier peut-être… Carmain soyez gentil, versez-moi donc du vin.

— Vernaux faites attention, c'est sud-américain.

— À ce que j'ai compris, être assistant-réalisateur demande aussi une sacrée dose d'abnégation, non ? Je n'ai rien à vous envier.

— Exactement, Nathan ici présent est un champion du renoncement.

— Moi ? Je n'ai jamais renoncé à rien. Je suis du genre patient, voilà tout. Une gigantesque tolérance envers les atermoiements que j'ai décidé de mettre à profit. Assistant, c'est un sale métier, mais il faut bien que quelqu'un se dévoue.

— Pour tout vous avouer, je mens un peu. Je n'ai qu'une idée très confuse de ce que fait un assistant.

— Je vous rassure, mon cœur, personne n'a jamais compris ce que Nathan faisait précisément.

— C'est ce sens du secret qui nous sauve. Vous connaissez l'adage : « Quand le désordre vous dépasse, feignez de l'avoir organisé. »

— Ah ah bien dit, Vernaux, trinquons. « À la vie… »

— … Que toujours aussi douce, elle nous dure longtemps.

À chaque fois ce soir-là que Simon la vouvoie, quelque chose en Clorinde tressaille. Elle se sent soudain vue, vue avec lui, par quelqu'un d'autre, et ce sentiment nouveau lui plaît. Parfois c'est le regard de Simon qu'elle intercepte, ce regard qu'il glisse, subreptice, vers elle. Un regard différent. Comme si de ne plus être deux face à face les rapprochaient d'autant. Elle vide son verre toujours plein, les rires mêlés des deux garçons – oh quoi, des deux hommes ! – la bercent. Elle ne cherche plus à comprendre le sens de leurs paroles, elle s'amuse du frottement des mots traversant l'air, tels des petits ballons mal gonflés, au ralenti.

— Chers amis, je vous laisse. Dîner somptueux. Et merveilleux prétexte pour vous rendre d'ici peu la pareille. Adieu !

Nathan se lève qui regarde Clorinde. Elle lui sourit, veut le retenir encore un peu, se tourne vers Simon tout aussi souriant. Et croit voir dans ses yeux une lueur insolite. De défi ? De contentement ? À moins qu'il ne s'agisse d'une supplication muette ? Elle préfèrerait pour une fois faire comme si elle n'avait rien remarqué, mais ne peut pas. Il faut qu'elle en ait le cœur net.

— J'y vais aussi. Je me lève tôt demain.

Un gouffre dans lequel le temps s'effondre. Un court-circuit, une seconde. Elle est debout, il n'a rien dit. Elle l'embrasse à bouche que veux-tu, et fuit.

Dans les escaliers, Nathan suit Clorinde. Il se concentre pour ne pas regarder ses jambes. Essaye la main, blonde sur la rampe, ou les cheveux par trop impertinents, puis se met à prier pour que la lumière s'éteigne, imaginant peut-être que les menaces sont pires que les périls eux-mêmes.

La nuit était claire, comme si elle venait d'arriver. Elle se maintenait en suspension, sur l'arête des choses. Clorinde sans y penser dans sa robe légère frissonne.

— Tenez, prenez mon écharpe, vous allez attraper la mort.

Le lin rêche à la soie s'allie. Au ciel il y avait des étoiles.

— Ma voiture est par là, vous habitez où ?

— Oh non, Nathan, j'ai horreur des moteurs, la nuit. Moi je marche.

— À cette heure ? Ça ne vous fait pas peur ?

Il est des questions qu'il suffit de poser pour qu'elles tombent d'elles-mêmes. Mais Clorinde répondit, elle était polie.

— J'ai mon revolver, tout va bien.

— T'as une arme à feu sur toi ?

Au tutoiement elle jubile. Très discrètement. Et sort de son sac un baladeur blanc.

— *Revolver*... l'album des Beatles ?

— Ah...

— Quoi, Stones ?

— À choisir, carrément.

— Sans appel ?

— Les Stones je m'en fous un peu, les Beatles je les hais.

— Ça ne sert à rien, ce sont des génies.

Elle se penche, non pour lui chuchoter un secret à l'oreille, mais pour lui souhaiter d'un baiser bonne nuit. Avant de s'éloigner.

Il remonte le col de sa veste, et se retourne. Il n'a nulle envie d'attendre là, sur le trottoir, qu'elle veuille bien lui faire la grâce de disparaître.

14

Les « déplorables lobotomisés » du CNC, comme les appelait Kalpert, finirent par attribuer une subvention conséquente au scénario. On but le champagne dans le bureau de Suzanne, la productrice. On était heureux, on riait, mais la trêve fut de courte durée. Dès le lendemain, Kalpert appela Simon pour qu'il vienne à Alésia dans les plus brefs délais.

« Le vrai boulot commence, Carmain. Laissons-les jouer avec cet os qui ne ressemble à rien, personne ne viendra voir ce que l'on tournera réellement. J'avoue que je n'y croyais pas à ce fric, mais le camouflage devait être assez réussi, ils ont gobé l'affaire sans dire ouf ! Allons, il est temps de plonger les deux mains dans la merde maintenant. » Simon a le souffle court, mais il n'a aucune intention d'offrir à Kalpert le spectacle de son anéantissement. « J'imagine que Suzanne n'est pas au courant » – il enchaîne très vite pour éviter le déclenchement des éternels anathèmes – « et qu'il n'est pas question pour elle de continuer à me payer pour défaire et refaire tout ce qu'on a fait ». Kalpert plisse les yeux, comme pour saluer le sang-froid et la promptitude dont témoigne son jeune disciple.

— Je te propose beaucoup mieux. Un ou deux mois en Grèce, tous frais payés, dans ma petite maison de Sifnos. On travaille le matin, et tu auras tes après-midi libres pour te promener sur l'île.

— Mais je ne peux pas quitter Paris comme ça.

— Bien sûr que si, tu peux quitter Paris comme ça. D'ailleurs être loin, coupé de tout, rien de plus efficace pour commencer à creuser. Tu ne te reconnaîtras pas.

Aujourd'hui, les aphorismes à l'emporte-pièce du Vieux l'agacent particulièrement. Kalpert tend le doigt sans un mot vers sa tasse restée sur le bureau, et Simon la lui passe en serrant les dents.

— Tu t'étais cru rendu, avec ce torchon, là ?

— Un torchon qui va permettre de financer le film.

— Précisément, c'est mauvais signe ! Tu as vu le niveau des financiers du cinéma français ? Voyons Carmain, ne te fais pas plus naïf que tu ne l'es. Si tu pensais que le boulot était fini, c'est que tu me prends pour un con, et que tu te contentes de bien peu pour toi aussi.

— Je ne croyais rien.

— Regarde ta tête ! On dirait un gamin décidé à faire la gueule trois jours de suite pour en remontrer à tous les adultes qui le persécutent ! Arrête de penser aux six mois écoulés, arrête de penser aux mois à venir. Le courage n'existe pas : tout ce qu'on fait c'est qu'on pouvait le faire, et tout ce qu'on peut faire on le fait. Point barre. Nathan viendra avec nous, ne t'inquiète pas. Tu ne vas pas passer deux mois en tête à tête avec moi ! Et puis propose à ta petite amie, là, comment s'appelle-t-elle ? Chlamydia ?

— Clorinde.

— Comme si c'était mieux! Bref, je vous laisse ma voiture, vous partez devant, je vous rejoins en avion. En mai-juin, l'île est vide. Tu connais la Grèce ?

— Non.

— Ils ont un putain de vin blanc, au goût de sapin. Comme les cercueils. Chef-d'œuvre.

Le premier réflexe de Simon en sortant de chez Kalpert fut d'appeler Nathan, qui semblait déjà au courant des projets du Vieux.

— Tu vas voir c'est un petit bout de paradis là-bas.

— Je n'ai aucune envie de passer mes journées sur ce scénar, c'est assommant. Pour qui il se prend, il claque des doigts et je dois tout abandonner ici, du jour au lendemain ?

— Mais puisqu'il invite aussi Clo ! Au contraire, c'est super ça vous fait des vacances à l'œil.

— C'est pas le problème…

C'est évidemment le problème. Simon a horreur d'être mis au pied du mur : jusque-là il est parvenu à éradiquer le mot « projet » de ses conversations avec Clorinde, et la jeune fille, docile, respecte ce curieux flou qui règne sur leur vie, qu'il s'agisse du lendemain, du mois prochain, ou de l'année à venir. Voilà que d'un coup il lui propose de partir en Grèce ? Qu'allait-elle se figurer ? Et si elle refusait ?

Il se dirige à grands pas vers la Seine. C'est peut-être ça la solution. Ne pas lui proposer, attendre qu'elle-même le suggère ? Non, il sait à quel point Clorinde est fière. Ou elle se croira de trop parmi le Vieux, Nathan et lui ? Peut-elle aller jusqu'à s'imaginer qu'il est jaloux ? Qu'il veut la garder exclusivement pour lui ? Dans tous les cas c'est beaucoup trop risqué.

Il se penche par-dessus le parapet du pont pour voir l'eau si pressée courir. Les tourbillons le captivent. S'il veut être honnête, il doit reconnaître que l'idée de partir avec Clorinde lui plaît. Sentir cela, par contre, sentir cela l'effraie.

La première réaction de Clorinde quand il lui parle du projet de Kalpert ne laisse pas deviner ce qu'elle peut en penser.

— Tu vas tenir le coup, enfermé sept jours sur sept avec ce dragon ?

— D'après ce que j'ai compris, c'est une grande île, et il est disposé à me laisser tranquille l'après-midi. Là-bas il fait la sieste pratiquement jusqu'au dîner.

— C'est sur une île ?

Dans la voix de Clorinde on sent le bruissement léger des vagues sur les galets. Simon ne voit pas ses yeux d'un coup agrandis.

— Oui. Mais je ne serai pas seul, Nath vient aussi. D'ailleurs…

Il ne prend pas le temps de respirer, pas le temps de la regarder, il plonge.

— … d'après lui je peux proposer à Kalpert de t'emmener. Ça te plairait de venir avec nous ?

— Au bord de la mer ? Tu es fou ? Je pars tout de suite.

Le voyant rire, elle se reprend.

— Dans la mesure où on peut faire confiance à Nathan. Il ne va pas trouver ça bizarre, Kalpert, que tu viennes accompagné ?

— Si Nathan dit que ça va… Il le connaît. Et puis, même s'il trouve ça bizarre, tant mieux. C'est une très bonne façon de lui faire comprendre que je ne suis pas non plus un domestique à son service.

La Grèce alors ? La Grèce donc. Qu'y aurait-il eu à rajouter ? Elle était heureuse, il était satisfait. Ou l'inverse ? Qu'importe… Cinq jours plus tard Nathan, Clorinde et lui étaient partis.

15

« Nous traversâmes la France comme des apparences. Comme un miroir. »

La voix de Nathan fait à Simon l'effet d'une bouée, vers laquelle il peut se hisser pour remonter d'une somnolence entrecoupée de rêves. Il se retourne vers Clorinde et lui sourit des yeux. Jaillissant du fond de la banquette, elle plante sur sa bouche ses lèvres voraces, quelques secondes à peine, comme un martin-pêcheur qui fonce sur sa proie, l'attrape, repart dans les airs… l'eau se trouble à peine, mais le calme qui succède à ces secondes accélérées n'a plus le même goût.

Ils avaient quitté Paris tard, mais il faisait encore jour quand ils arrivèrent à Chamonix. Vaguement. Peut-être à cause de la beauté orgueilleuse des pointes frangées de neiges qui ne mourraient jamais, le soleil attendait le dernier moment pour capituler. Parfois on pouvait voir, à la dernière seconde, quand l'astre abandonnait, la montagne hausser l'épaule comme pour dire, blasée : « Et alors ? Il est certaines batailles qu'on aimerait mieux perdre ». Clorinde et Simon, Nathan non loin, contemplent cet éternel combat, sans parler.

Et lorsqu'ils débouchèrent du tunnel, en Italie il faisait nuit.

Les heures passent à reculons. Les deux garçons conduisent à tour de rôle, Clorinde chante. Ou tartine des sandwichs. Ou joue à perdre ses doigts dans les cheveux de Simon. Ou claironne tous les noms de villes, tous les noms de villages, que des panneaux à l'air renfrogné annoncent sur le bord de la route.

Elle a quelques guides aussi, dans lesquels elle plonge en apnée, à la lueur d'une vieille lampe torche, rouge, striée, minuscule. Sa voix de temps en temps remonte de l'abîme pour une remarque ou d'incongrues questions. « Allez, hop ! » dit Simon en lui soutirant le livre des mains, qui passe illico presto par la fenêtre ouverte. Elle reste interdite, puis éclate de rire. À genoux sur la banquette, elle baisse sa vitre, et un par un, arrachés par le vent furieux, tous les autres guides connaissent le même sort.

À Bologne la rouge, ils daignent s'arrêter. Il est quatre heures passé : les vieux murs percés d'arcades, insomniaques, sourient de les voir tous les trois déambuler dans la ville offerte. Clorinde est pieds nus, pour mieux sentir la caresse des pavés polis, aussi douce que leurs chuchotements émerveillés. Ils boivent à même les rues de franches goulées de mystère. Puis attendent qu'un premier café ouvre, assis au pied du fier Neptune qui bientôt aurait pour nom Poséidon.

Ancône les accueille sous la pluie. Les ports quand il pleut ont tout pour se dissoudre. Ils patientent en jouant aux cartes, dans la voiture qui a rejoint ses sœurs au bout de la morne file prête à embarquer au premier signal que fera le gardien trempé. La journée s'effiloche.

L'espèce d'ouate dans laquelle évolue Clorinde après toutes ces heures de veille lui semble encore plus agréable une fois le ferry parti. Le délicat roulis, les bruits assourdis sont à son vertige un écrin idéal. L'excitation la tient quelque temps éveillée, mais cette fois-ci elle ne voit pas la nuit tomber. Elle s'est endormie, blottie contre l'épaule de Simon.

Quand elle rouvre les yeux, c'est pour voir l'aube sur la Grèce se lever. Comme aux premiers jours du monde.

La « petite maison » de Kalpert est en réalité une belle villa, rectangle trapu aux murs massifs, simple trait blanc au milieu des collines, à l'écart du village. De la terrasse, on ne voit que des pentes à la végétation têtue, des bourrelets de terre, des murets serpentins, le tout comme pressé au milieu d'une main, paume vers le ciel, plongée dans l'eau bleue de la mer.

Une île ! Enfin !

Simon est surpris de l'ordre qui règne à l'intérieur de la villa. C'est l'exact opposé de la maison de Paris, tout semble à sa place, sans intrus, sans excès. Il doit presque lutter pour ne pas caresser les vieux meubles un à un. Clorinde, enjouée, entre en criant la fin d'une phrase à l'attention de Nathan là-bas au fond. Elle bouscule Simon, va ouvrir les volets ; le soleil déboule comme s'il n'attendait que ça depuis des lustres. Toute la campagne suit : les clochettes des chèvres, les cigales, les voix des bergers, le vent dans les buissons, des moteurs, des trilles d'oiseaux inquiets, un aboiement aussi, bref un tintamarre désordonné qui semble vouloir démontrer que la vie, elle, ne s'arrête jamais.

Clorinde tourne le dos à cette cacophonie et tend les bras vers Simon.

— Viens, on va se baigner. Cette eau qu'on a longée, qu'on a traversée, depuis deux jours, c'est intolérable, je n'en peux plus.

— Ma sirène…

— On va se baigner, viens. Nathan veut retourner au village acheter de quoi préparer un dîner. Il n'a pas besoin de nous, dixit. Moi j'ai envie de toi. Et de sentir l'eau sur ma peau, et tout mon corps dans l'eau.

— Ma chasseresse. Vas-y, moi je vais m'installer, brancher l'ordi, vérifier internet, appeler le Vieux.

Il serre toujours ses doigts entre ses doigts, mais elle a rouvert les mains. Elle se détourne avec un simple « hum », peut-être soupire-t-elle. Il la regarde quelque temps s'éloigner. En direction de la calme voile outremer dans laquelle jouent les pieds du ciel, plus clair. À son retour, le soleil tutoie l'horizon. Nathan dans la cuisine s'active, Simon sur la terrasse pianote. En se penchant pour l'embrasser dans l'oreille elle les voit, elle et lui, deux fantômes évanescents dans le reflet de l'écran.

Elle lui tend un verre qui sent bon l'anis, à l'aspect troublé, blanc.

— Allons, trinquons, petit con.

La nuit était revenue pendant le dîner, ils s'en étaient à peine aperçus. Les dernières touches de clarté se résument aux lueurs des bougies, diffractées par le vin jaune qui emplit les verres. Le reste, obscurs silences, dessine des fronces autour de la terrasse.

— Quand même il est friqué, votre Kalpert. Ce n'est pas avec ses films? Moi avant vous, je n'en avais jamais entendu parler.

— Il a eu quelques succès, mais bon, il y a quarante ans de cela, et rien qui aurait pu lui rapporter beaucoup d'argent.

— Lui qui adore parler, sur tout ça il reste très discret.

Nathan vide son verre, avant de se lever pour débarrasser. Simon, qui a plusieurs fois cherché à capter discrètement son attention, finit par le héler.

— Bon, Nathan! Vas-y. Dis à la demoiselle ton idée.

Clorinde ne sait pas comment interpréter l'air soudain goguenard de ses deux compagnons.

— Une idée?

— Un projet plus précisément. Mon garçon nous t'écoutons.

— Hum... Clo, tu sais qu'on commence la préparation du film fin juillet. Et du coup on... Enfin, je me demandais si ça pourrait t'intéresser de… C'est-à-dire que côté montage je ne peux rien te trouver, par contre pendant le tournage…

— Que je travaille sur le film tu veux dire ?

— Oui. Si jamais tu as envie, tu pourrais être stagiaire.

Clorinde, interdite, tourne la tête vers Simon. Il lui sourit, levant son verre pour trinquer.

— Nathan est persuadé de te faire un cadeau empoisonné, il n'osait pas t'en parler.

— Mais c'est mon rêve… participer pour de vrai à votre film ?

Elle sautille, de joie, sur sa chaise. Puis se fige.

— C'est quoi stagiaire ? Je n'ai aucune expérience. Je n'y arriverai jamais…

— Ne t'inquiète pas. Ce n'est pas de tout repos, mais il n'y a rien de très sorcier. La seule chose c'est d'être motivée.

— Tu ne fais pas ça pour Simon, tu me jures ?

— Ah ah, tu le connais mal, il n'a jamais rien fait pour personne.

— Un vrai film ! Je n'en reviens pas…

Elle se lève d'un bond, court embrasser Simon.

— Tu vas être fier de moi, je serai la meilleure des stagiaires.

— Arrête ! Les gens vont encore dire qu'il faut coucher pour réussir.

Nathan se rassoit. Ils étaient enlacés : elle posée sur les genoux de Simon, lui, les mains dans les cheveux de Clorinde. Il ne ressent aucune gêne à les contempler. Ils avaient la simplicité des arbres.

Clorinde au petit-déjeuner regarda Nathan avec une pointe de déférence. C'est tout juste si elle ne lui fit pas ses tartines.

— Tu prends du sucre ?

— Dans le café, oui. Deux.

Il se cale dans sa chaise amusé. Clorinde d'un coup de petit doigt se remet une mèche derrière l'oreille et lui tend la tasse.

— Je m'entraîne ! D'après Simon, c'est une des tâches principales des stagiaires.

Elle se sert aussi. Pose ses pieds sur la chaise vide entre eux. Son pagne découvre ses chevilles croisées.

— Il dort encore le grand artiste ?

— Il réfléchit. Couché, les yeux fermés. J'ai fait semblant de le croire... Dis-moi, j'ai une question.

Elle s'était retournée avant de parler. Elle a un air de comploteuse. Nathan joue avec un élastique, il lève les yeux. C'est toujours sa façon de dire oui.

— C'est quand son anniversaire ?

Ce n'est pas du tout ce qu'il attendait, et ce n'est pas non plus ce qu'elle voulait dire. Elle est persuadée que c'est Simon qui a eu l'idée de ce stage, quant à Nathan, il se doute qu'elle s'en doute, vu comme il a mal joué son rôle. Néanmoins, au dernier moment… elle avait hésité.

— J'ai oublié. Ou plutôt, il m'a demandé d'oublier.

— C'est stupide.

— Il déteste les cadeaux.

— Ce n'est quand même pas lui qui décide !

L'élastique rouge claque dans les doigts de Nathan. Son index brûle de cette morsure rapide. Nathan soupire… il faut qu'il perde cette habitude de croire que les choses ont toujours des significations cachées.

— Tu ne trouves pas qu'il devrait écrire ?

— Qui, Simon ? Mais il écrit…

— Non mais pas des scénarios ou des bandes-annonces. Je veux dire un roman. Vu qu'il refuse d'en parler, je me dis que ça doit être important pour lui.

— À vrai dire, je ne me suis jamais posé la question.

— Alors que tu le connais depuis quoi… vingt ans ?

— Vingt-cinq presque… Mais plus tu connais Simon, et moins tu le comprends. C'est comme un dessin qui s'efface.

— Avec toi aussi ?

— Ah oui.

Vingt-cinq ans ! Clorinde n'était pas du tout née. Elle regarde le ciel. Un bleu qui vous lavait l'âme, électrisé par le soleil du matin, vivace sans être encore brûlant. Elle s'étire comme pour reprendre des forces avant de se lever, mais se laisse retomber sur le dossier métallique de sa chaise. Elle ne peut s'empêcher de penser, pour s'amuser, que si ce jour-là, dans le métro, Nathan ne s'était pas levé le premier, c'est avec lui qu'elle serait.

C'est peut-être ça, somme toute, la différence entre un livre et la vie. Clorinde rêvait parfois de devenir une héroïne de roman mais comment aurait-elle tenu le choc plongée dans une existence sans Hasard ? Elle se croyait faite pour la dure loi de la Nécessité ? Je pense que sur ce point, elle se trompait. En tout cas là, ici. En cet instant précis.

16

Les journées passaient nonchalantes et légères, comme passent les patriciennes dans les tableaux des Renaissants. Clorinde avait pensé s'ennuyer : effectivement elle s'ennuya. Mais de cet ennui presque agréable dans les bras duquel on aime à se laisser aller, sans résister.

Elle dort, nage, bronze, se promène, renage, redort, essaye de réfléchir le moins possible, et lit. Un peu distraitement. Nathan souvent s'occupe, seul, dans les champs asséchés dont l'herbe crisse à ses oreilles. Comme d'habitude, personne n'aurait su dire à quoi. Le matin, le soir aussi parfois, il tente d'expliquer à Clorinde comment un tournage s'organise. Il multiplie les tableaux, les listes, les codes auxquels elle ne comprend rien. Elle fait mine de s'y intéresser, mais commence pour de bon à s'inquiéter. Elle a un peu surjoué son enthousiasme, le soir où Nathan lui a proposé de l'embaucher. Elle adore l'idée d'être impliquée elle aussi sur le film, enfin de là à devenir stagiaire mise en scène… C'est beaucoup trop réel, trop précis, pour elle. Stagiaire mise en scène ! Rien qu'à ces mots désormais elle sent courir sur son échine un frisson d'angoisse.

Simon, pour sa part, s'enferme de longues heures dans l'ombre du bureau frais aux murs épais, blancs comme du fromage blanc. Kalpert de semaine en semaine repousse son arrivée, mais dirige le travail à distance. Avant de quitter Paris, Nathan lui a appris comment utiliser la camera de son ordinateur, et contre toute attente, le Vieux y a pris goût. Il impose à Simon d'interminables conférences en face à face, qu'il peut interrompre d'un clic à la première contrariété, puis reprendre au bout de quelques minutes, très fier de son effet.

Être loin du monde, la mer autour de soi, dans la chaleur de juin. C'est surtout, au fil des jours laisser subrepticement la nature en soi s'immiscer. Ils sentent, chacun à leur manière, le lent travail si patient, si minutieux, des éléments sur eux. Leurs regards semblent plus profonds, leurs gestes plus ductiles, leurs silences plus pleins. Et au cœur de la nuit Simon ensommeillé se perd dans les senteurs salées qui enveloppent la peau de Clorinde. Il enfouit son nez, passe sa langue, ferme les yeux pour mieux profiter des petites piqûres que l'iode lui inflige. L'amer sur son amante oublié.

— Si on allait à Apollonia ?

— Super ! C'est quoi ?

— Là maintenant ? Moi je bosse…

— La capitale de l'île.

— Une ville ? Simon, je croyais que tu avais droit à tes après-midi.

— C'est plutôt un village. Un bourg. Maintenant ou plus tard.

— J'ai le droit à ce que je veux, mais je suis loin d'avoir terminé, et puis j'ai horreur de marcher. J'imagine que vous ne voulez pas y aller en voiture ?

— Quelle horreur, non ! C'est loin ?

— Dix kilomètres.

— Vous êtes fous, avec ce cagnard !

— Va t'enfermer dans ton cagibi, sale rat, et laisse-nous nous amuser comme on l'entend !

— Nathan, appelle-moi si vous voulez que je vienne vous chercher pour le retour.

— Quelqu'un veut du concombre ? Il faut finir.

Vrai, il faisait chaud ! C'est qu'il n'y a pas de vent. Mais Clorinde aime ça, sentir la main de l'été lui comprimer la poitrine, son haleine chaude lui assécher la gorge.

Tournant le dos à la mer, la longue route file, méandre après méandre, vers le cœur de l'île. Nathan n'a pas l'habitude de flâner dans les montées. Elle le suit vaillamment, mais trop essoufflée ne parle pas. Elle attend d'être au point le plus élevé pour se retourner, et contempler l'étendue de verts, de blancs, de bleus qui semble installée là, évidente, grandiose, pour l'éternité.

Ils laissent la route asphaltée sur leur droite, prennent à travers champs. Le terrain est vallonné, au fond on aperçoit les toits d'Apollonia rangés en cercles concentriques autour d'un clocher chaulé de frais. Clorinde pose la main sur l'épaule de Nathan un bref instant, afin de retirer ses sandales.

— La liberté est une écorchée ! Ou n'en vaut pas la peine. Allez, toi aussi.

Il rit. L'idée le séduit, sans qu'il sache trop pourquoi. En équilibre instable, il délace ses lourdes chaussures de marche, y range ses chaussettes roulées en boule, et – grimaçant quelque peu dès qu'un caillou trop pointu s'attaque à l'un de ses pieds – rejoint Clorinde qui est déjà repartie. Elle pile à son arrivée. « Attends, attends… juste… » elle lui ébouriffe les cheveux, détache le bouton supérieur de sa chemise, lui enlève ses lunettes de soleil : « Voilà ! »

Il plisse les yeux à la lumière cruelle du soleil, mais lui emboîte le pas en silence.

— Simon m'énerve à s'enfermer comme ça toute la journée… C'est épuisant.

— Épuisant ? Surtout pour lui…

— Non, je ne sais pas, je trouve qu'il aspire toute l'énergie alentour. Si au moins votre Vieux était là, il prendrait tellement la tête à Simon que ça le forcerait à sortir de son histoire. Alors que là…

— Ah ah ah, oui, il nous rejoue en plein la caverne de Platon.

— Mmm. C'est vrai, je n'y avais pas pensé… Ces pauvres gars qui passent des heures enchaînés dans le noir, à courir, immobiles, après des ombres projetées… Assis face aux reflets pâlots d'une réalité inatteignable… C'est un peu l'invention du cinéma avec deux mille et quelques années d'avance cette histoire !

« Aïe ! » Nathan a beau retenir ses plaintes, un gravier vient de s'enfoncer si sournoisement dans son pied, qu'un courant électrique de douleur est remonté à son cœur. Clorinde continue de rêvasser à voix haute.

— Pour la première fois, la toute première fois, on s'est engueulé, Simon et moi.

— Ah bon ? Sur quoi ?

— Des conneries, forcément. Mais ça ne nous était jamais arrivé.

— Ce qui est louche !

— Je connais la théorie. Elle est idiote. Elle est là pour rassurer ceux qui ne savent pas faire autrement.

Quelque chose échappe à Nathan, mais il préfère n'en rien dire à Clorinde.

— Il paraît que je suis d'un naturel agressif, comme fille. Bien entendu, vu de l'intérieur c'est un peu plus complexe. C'est toujours plus nuancé, les choses, vu de l'intérieur. Mais même si c'est de l'agressivité, avec Simon, ça fond. Parce que lui refuse de me voir comme ça, et que moi je suis sûre qu'on est fait pour ressembler à l'image idéale que l'autre a de vous.

— C'est risqué.

— De ?

— S'attacher à des images idéales.

— Non. Regarde ce paysage. On s'extasie depuis tout à l'heure, on le trouve sublime, incroyable, il donne un support à notre enthousiasme, l'incarne à coups de couleurs, de sons, de sensations. On sait bien que dans le détail, ce n'est pas si idyllique : des maisons où des gens sont en train de crever, seuls comme des chiens, des terres qui périclitent, des secrets, des magouilles, des trahisons et de l'ennui. Mais quoi ! Ça ne nous empêche pas de faire de cette tapisserie mitée une idéale image de la Beauté, et c'est ça que nous garderons en mémoire. Et c'est ça qui sera vrai. Le reste n'a aucune importance.

— Et tu estimes que ça peut, que ça doit être pareil avec les gens ?

— Évidemment.

Les rues d'Apollonia étaient accueillantes, et fraîches. Ils ne parlaient plus, ils s'amusaient du bruit de leurs pas dans l'ombre remplie de chats paresseux. Ils partagèrent une jarre de limonade glacée sur une place où même le temps n'osait plus s'aventurer, puis il fallut repartir à pied, un peu fourbus : Simon ne répondait pas au téléphone, sa proposition de venir les chercher tombait à l'eau. « Je suis sûre qu'en fait il dort », et Clorinde de repasser encore et encore la main dans les cheveux de Nathan pour rétablir le désordre qu'il tentait de peigner en cachette dès qu'elle avait les yeux tournés.

Quand Clorinde avait raconté à Nathan qu'elle et Simon s'étaient disputés, elle exagérait. Disons que pour une fois, lui toujours si calme s'était cabré. Sur une broutille, une simple remarque. Quand Clorinde, terminant la nouvelle version du scénario avait lâché : « C'est drôle comme Manon me ressemble. Tu vois que je suis une Muse toute trouvée. » Elle eut beau ensuite l'assurer qu'elle trouvait ça formidable, et qu'il pouvait puiser en elle tout ce qu'il voulait, elle n'avait obtenu qu'un démenti un peu exaspéré, une mauvaise humeur à laquelle il ne l'avait pas habituée. Il nia non seulement les allégations de Clorinde, mais aussi qu'il les niait, et que cela l'agaçait d'avoir à les nier. Il fit celui qui ne comprenait pas de quoi elle voulait parler. Ce qui ne l'empêcha pas ce soir-là, alors qu'elle chassait des lézards sur la terrasse, de demander à voix basse à Nathan ce qu'il en pensait. « Manon ? À Clorinde ? Évidemment, c'est son portrait craché. » Simon haussa les épaules. « Vous vous êtes passé le mot ? Ou juste toi comme elle manquez à ce point-là d'imagination ? » Il avait parlé fort, Clorinde se retourna. Et face à leur silence, tendit sa main remplie vers eux : « Regardez, son petit cœur qui bat. »

L'île s'enfonçait dans l'été, ils attendaient Kalpert, Kalpert ne vint jamais. Tant de choses à faire à Paris, d'ailleurs il était peut-être temps que Nathan... ? Oui, oui, ça tombait bien ! D'un commun accord ils venaient de décider tous trois qu'ils en avaient assez : les paradis ne valent que si on peut les regretter.

17

9 h 32. Clorinde sonne à la porte de Trafalgar Productions en retenant son souffle. Deux minutes de retard, imputables à l'élaboration de sa complexe coiffure Empire. Deux petites minutes qu'elle ne regrette pas : d'après sa mère il est très impoli d'arriver pile à l'heure, d'après son père très important de faire bonne impression dès la première rencontre.

Mais faire rougir et balbutier un directeur de production, est-ce considéré comme « faire bonne impression » ? Même si elle ne se souvient pas très bien de ce que Nathan lui a expliqué quant aux attributions exactes d'un « dir-prod », elle a retenu une chose essentielle : en tant que tel, Guillaume Joris détient les cordons de la bourse, il convient de ne pas s'en faire un ennemi. Heureusement qu'il a tendu la main de loin, car Clorinde, avec sa pétulance naturelle, l'aurait peut-être embrassé sur les deux joues. Il lui serre la main comme un prêtre en pleine cérémonie d'exorcisme, et une seconde Clorinde en vient à douter de sa décision, pourtant mûrement réfléchie la veille au soir, de commencer tambour battant en allant à cette première journée de travail avec un décolleté pigeonnant.

— Je… hmm… Bonjour, vous êtes… hmm… vous c'est la stagiaire mise en scène, c'est ça ?

Clorinde essaye de prendre un air timide pour ne pas exacerber la gêne de Guillaume. Elle voit qu'il lutte pour garder ses yeux dans les siens.

— Bon, bon… Bienvenue à bord, comme on dit. Vous… Euh… Nathan n'est pas arrivé… Il a dû vous expliquer… On n'a pas encore les bureaux de prépa, par conséquent on est un peu à l'étroit ici. Venez, je vais vous montrer le coin mise en scène.

Il s'efface pour engager la jeune fille à sortir la première. Elle ne le frôle pas, ayant décidé de se conduire, en tout cas dans les premiers temps, de manière irréprochable.

Les locaux de Trafalgar Productions étalent un luxe suranné, fait de canapés profonds, de moquettes prune, et de moulures en stuc parfois dorées. Trois pièces, pas plus, mais vastes. Donnant chacune sur l'accueil central où la secrétaire est en train de découper avec beaucoup d'abnégation de fines feuilles de carton couleur fenouil.

— En ce qui concerne les fournitures, les problèmes logistiques, ou techniques, vous pouvez vous adresser à Sophie, c'est la MacGyver de la maison.

Sophie ne lève pas la tête de son ouvrage pour autant.

— Sophie, voilà Clotilde qui rejoint l'équipe mise en scène aujourd'hui.

— Clorinde…

Cette fois Sophie s'interrompt pour contempler Guillaume qui s'excuse platement. Elle gratifie Clorinde d'un sourire ambigu, et fait à nouveau grincer ses ciseaux.

— Ici c'est le bureau de Suzanne de Lesmaingui, la productrice du film, qui n'est pas là ce matin. Et la porte à côté, votre bureau. Je veux dire mise en scène – régie, en attendant…

Clorinde pénètre dans la pièce que Guillaume lui désigne. Grande et haute de plafond, elle est encombrée de tables et de chaises disposées n'importe comment. Clorinde salue un grand échalas au crâne rasé et une petite boulotte brune qui la détaille de la tête aux pieds.

— Alexandre, le régisseur général. Et Daniela son adjointe. Là, le bureau de Nathan, celui d'Agathe… peut-être le mieux c'est de tirer une table par ici, non ?

Le temps que l'information arrive jusqu'à son cerveau, Alexandre se déplie pour apporter une table près des deux autres. Guillaume en se décalant pour lui laisser de la place plonge malencontreusement dans le décolleté de Clorinde.

— Vous avez rempli une DPAE ?

Ne sachant pas si Guillaume parle à ses seins ou à elle, Clorinde préfère répondre par la négative. Le jeune homme semble soulagé.

— Je vais dire à Sophie de vous apporter ça, installez-vous. Alex, branche-lui un téléphone, s'il t'en reste un en état de marche.

Il examine la pièce, comme s'il oubliait quelque chose, mais ne trouvant pas de conclusion satisfaisante, il sort en se raclant la gorge.

Quelques minutes plus tard, Clorinde complétait avec fébrilité la mystérieuse DPAE que Sophie n'avait pas tardé à lui donner. Chaque question avait le claquant d'un coup de fouet ; elle réfléchissait avant chaque réponse pour ne pas commettre d'irréparables erreurs. Tout, soudain, lui paraissait douteux : son adresse, sa date de naissance, son nom même ! De longues minutes, elle reste à contempler le dernier énoncé : « Personne à prévenir en cas d'accident ».

— Bonjour.

Clorinde lève les yeux dans un sursaut. Cela avait sonné comme un « Vous m'avez marché sur les pieds » peu amène. Une jeune femme aux yeux rouges et aux cheveux mouillés était en train de déposer ses affaires sur le bureau.

— Je suis Agathe, l'assistante de Nathan.

Elle aussi examine le décolleté de Clorinde, mais avec beaucoup moins d'émotion que Guillaume.

— J'ai oublié ton prénom…

— Ah. Clorinde. Enchantée.

Clorinde croit percevoir une moue de dédain chez son interlocutrice qui ouvre son sac à dos afin d'en extraire un ordinateur portable. Elle le pose sur le bureau, avant d'éternuer bruyamment.

— Pardon. Piscine. C'est comme ça pendant une heure, après ça passe. Tiens, pousse ta chaise, je ne peux pas me brancher, là… Nathan m'a dit de te mettre au jus en attendant qu'il arrive. Tu n'as pas d'ordi ?

— Si…

— Sors-le, je vais te passer les docs. Alex c'est quoi ce foutoir, je ne retrouve plus ma multiprise !

— Suzanne en avait besoin à côté. Nous on a décidé de recharger nos ordis à tour de rôle, on économise une prise déjà.

— Super !

Un nouvel éternuement, fracassant, vient souligner fort à propos l'énervement d'Agathe, et met fin par la même occasion à la conversation.

La matinée se passa à régler des problèmes techniques qu'Agathe abordait avec une pugnacité qui ne laissa pas d'étonner Clorinde. Elle régentait, commandait, commentait sans reprendre son souffle. Il n'était pas rare qu'excédée par leur lenteur, elle poussât de la main Alexandre ou Daniela à qui elle venait de demander une aide quelconque. Clorinde restait toujours en retrait, préférant s'abstenir plutôt que de mal faire, ce qui énervait tout autant la tyrannique assistante. Vint le moment où Agathe put enfin se lancer dans un tour d'horizon plus théorique. On la sentait vibrante d'émotion à l'idée de sensibiliser Clorinde aux différentes missions qui incombaient à la mise en scène.

— Si tu discutes, tu te déconcentres, si tu te déconcentres tu oublies des éléments essentiels, si tu les oublies tu trahis le réalisateur, et le film.

J'attends de toi que tu sois irréprochable, on doit montrer l'exemple aux autres ! Je ne sais plus ce que Nathan m'a dit : tu as déjà bossé sur du long ?

— Du quoi ?

— Hum, d'accord !… Mais tu as un peu d'expérience en ce qui concerne les plans de travail, les dépouillements, les feuilles de service, tout ça ?

— Oui, ça ça va, je maîtrise… plutôt (ajoute-t-elle en voyant le regard perçant de sa supérieure hiérarchique).

Elle a les pires souvenirs des quelques leçons que Nathan lui a prodiguées en Grèce. Cette façon d'apprivoiser la matière sauvage du scénario pour la ranger dans des tableaux la rebute. C'est prendre un rêve et le mettre en boîte de conserve, rien de plus. Dire qu'elle maîtrise ces outils, même partiellement, relève au mieux du vœu pieux, au pire du mensonge le plus éhonté.

— Tu verras, Nathan jongle comme personne avec les plans de travail, mais il compte sur moi, enfin sur nous, pour tout ce qui est vérification et correction. Chaque élément est solidaire des autres, n'oublie jamais ça. Jamais. Tu n'écris pas ?

Clorinde, dont l'esprit vagabondait, sursaute à ces mots. Elle croit un instant que l'autre lui demande si elle a ou non des prétentions littéraires. Alors qu'elle peine à décider si un simple mouvement de tête, de gauche à droite, suffirait à calmer l'inquiétude qu'elle perçoit chez Agathe, celle-ci enchaîne.

— Si tu n'as pas de cahier, demandes-en un à Sophie. Il faut que tu prennes l'habitude de tout noter. Pour ne rien oublier. Et pour pouvoir transmettre l'ensemble de tes infos en cas d'accident grave.

En d'autres occasions, Clorinde aurait pouffé. Mais les quelques heures passées auprès d'Agathe lui ont suffi pour comprendre que la seconde assistante, en aucun cas, ne se serait permis de plaisanter sur un sujet pareil.

18

En claquant la porte d'entrée de chez elle ce soir-là, Clorinde sent le monde entier lui tomber sur les épaules. Jusque-là elle s'est laissé porter par le courant, le cerveau tellement sollicité par ce qu'elle a dû emmagasiner en une journée que cela l'a empêchée, en contrepartie, de sentir les effets de l'épuisement. La pénombre et le calme qui règnent dans son appartement la prennent par surprise. Comme si tous les fils avaient été arrachés d'un coup, Clorinde s'effondre sur son lit.

Dix-sept semaines ? Il va falloir tenir dix-sept semaines ? « Combien de jours ça fait ? Soixante-dix plus... quarante-deux, c'est ça? » Clorinde lutte pour que son esprit continue à fonctionner, encore un peu. « Soixante-dix et trente, cent... ça fait cent douze. Cent douze jours? Non, cent douze jours pareils à celui-là ça ne va pas être possible. »

Clorinde respire bruyamment, puis détend ses muscles l'un après l'autre, comme pour reprendre possession de son corps. Arrivée au visage, elle veut fermer les yeux mais le stress redevient intolérable! Elle revoit les pages de son cahier se remplir de toutes les informations déversées sur elle sans discontinuer. Au début, elle avait tenté de poser une question quand quelque chose n'était pas clair, mais dès que la seconde assistante voyait remuer les lèvres de Clorinde, elle levait la main pour y couper court: « Attends, attends, laisse-moi finir, après on se perd ». Et quand, découvrant l'heure sur une bague-montre qu'elle portait à son annulaire gauche, elle avait lâché: « 12 h 30... déjà! On verra la suite plus tard, il faut que je termine ma liste de décors. Tu as des questions? », Clorinde avait préféré faire un petit signe négatif de la tête plutôt que prendre le risque de récapituler tout ce qui lui était parfaitement obscur. « Quoi qu'il en soit, la seule règle, Clorinde, c'est de connaître le scénario par cœur. » Pour la première fois, une phrase plaît à Clorinde! Car voici un point sur lequel elle se sent imbattable. « Et je ne te parle pas de l'action, de la psychologie, ce n'est pas notre problème, au contraire c'est le piège par excellence pour nous. Je te parle taille des pièces, figurants, accessoires, pas seulement ce qui est décrit, mais aussi ce qui est présent sans être visible, ce qu'on doit décrypter entre les lignes : les torchons dans les placards, les parapluies, les messages sur le répondeur, les chaussures dans les armoires, les sonneries de téléphone, les sièges bébé à l'arrière des voitures, ces millions de détails sans lesquels le film sonnerait faux. » Les torchons dans les placards, les chaussures dans les armoires ? Clorinde faillit pleurer.

Peu après arrivait Nathan, un sandwich entamé à la main, le téléphone vissé à l'oreille. Il fait un petit salut à chacun, et pose la main sur l'épaule de Clorinde, qui prend sur elle pour sourire d'un air dégagé, avant de replonger dans son cahier où elle essaye de décrypter ses listes de mots trop vite notés.

— Non, je lui ai laissé un message hier, et un mail ce matin… on a encore du temps, quand même. Bien, comme vous voulez, John… Oui oui, c'est entendu, Hervé Quinard, je vais me débrouiller.

Il raccroche de la main gauche, tend un post-it à Agathe de la main droite.

— Il faudrait que tu me trouves ses coordonnées : Quinard, c'est un ingé-son. Comment ça va ici ?

Agathe se lance dans un récapitulatif détaillé de la matinée. Tout en branchant son ordinateur, Nathan hoche la tête pour montrer qu'il l'écoute. Clorinde s'abîme quelques secondes dans la contemplation des fils qui pullulent autour des tables. Un cauchemar. Elle relève les yeux en entendant son prénom.

— … à Clorinde de faire un récap figurants. Il faudra que tu le complètes pour savoir combien on annonce à Guillaume.

— Mmm. Je peux déjà te le dire combien : trop. Ah… note sur le planning : jeudi 12, Kalpert voit Sébastien Hals, 15 heures, Lutetia.

— Hals ? Il va jouer dans le film ?

À voir le regard que lui lance Agathe, Clorinde comprend qu'elle aurait mieux fait de se taire. Par chance, Nathan lui répond en souriant, ce qui retient sûrement Agathe de la mordre jusqu'au sang.

— Ça se pourrait… John a envie de lui proposer le rôle de Franck.

La jeune fille écarquille les yeux, mais n'ose aller plus loin dans ses commentaires. Agathe en profite.

— Quoi qu'il en soit, Clorinde, ne t'inquiète pas, tu sauras toujours à temps qui joue dans le film, pour l'instant je préfère que tu te concentres sur ton tableau.

L'humiliation qu'elle ressent est si forte que Clorinde, au lieu de répondre, est comme anesthésiée. Frappée par une batte de base-ball à l'arrière de la tête. Son doigt est posé sur la page à l'endroit où elle s'est interrompue. Elle le regarde, le souffle coupé, puis se force à reprendre sa lecture. De toute façon, quoi ? Soit elle gifle Agathe et quitte définitivement le bureau, soit elle considère cela comme une épreuve de maîtrise de soi. Elle tente d'évacuer le stress en pensant à de profondes pelouses d'herbe verte, des rochers battus par une mer puissante et majestueuse, une mouette glissant sur les courants aériens. *Se concentrer. Sur mon tableau.*

Se concentrer ! Comme si dans cette ruche en perpétuelle ébullition c'était possible plus de cinq minutes d'affilée ! Sans compter qu'Agathe adore sauter du coq à l'âne : elle qui se veut si méthodique et rationnelle, elle n'arrête pas d'indiquer à Clorinde de nouvelles tâches à réaliser toutes affaires cessantes. « Tu peux me sortir la fiche IMDb de Noémie Courtois ? Et une photo », « C'est fini ce tableau figu ? Non ? Attends, trouve-moi d'abord une liste des toilettages pour chiens à Paris, c'est urgent », « C'est qui ça ? Ah, Noémie Courtois ? Elle est spéciale ton écriture, fais gaffe. Moi je lis Voewue Comfoib.

D'ailleurs tu es sûre que c'est elle? Alors je pense à une autre...», « Clorinde, on va essayer de garder le même code couleur pour tout le monde, d'accord? Stabilo bleu c'est pour les accessoires, jaune pour les figurants... Bon, jette ce scénar, prends-en un autre, et recommence s'il te plaît. Accessoires: bleu. Véhicules: vert. C'est pas non plus sorcier. Note-le s'il te plaît, c'est important. »

L'écume au pied des falaises. La mer recommencée. Un nuage planté derrière le phare. Tout va bien.

À 16 heures Clorinde avait réalisé qu'il n'était pas 18 heures. Nouveau moment d'abattement. D'un autre côté, vu la longueur de la liste des choses à faire et le peu de lignes qui étaient barrées, il valait mieux que la fin de journée ne soit pas imminente. « *Tout, tout pour mon Toutou* - 15 avenue de La Bourdonnais ». Pendant ce temps-là, Daniela, le regard vide, triait un carton de trombones.

— Bonjour mes amours, comment allez-vous?
— Bonjour Suzanne!
Une femme maquillée façon « Andy Wharol est déchaîné » se tient dans l'ouverture de la porte. Ses cheveux blond platine forment une vague compliquée, obsédante; elle agite un trousseau de clés avec un large sourire.

— Descends à ma voiture, Alex, elle est garée devant. J'ai un cadeau pour vous : une machine à café tip top, vous pourrez la garder pour les futurs bureaux de prépa.

Tout en nouant un bandana sur son crâne rasé, Alexandre sort. Nathan montre de la main Clorinde.

— Suzanne, je te présente notre stagiaire, Clorinde Bloed.

— Enchantée, Suzanne de Lesmaingui, la productrice de ce naufrage annoncé. J'espère que vous avez le pied marin.

Les bagues de la femme s'incrustent dans la peau de Clorinde, qui camoufle sa douleur par un sourire contraint.

— Nathan, je sors d'un rendez-vous avec les types de Canal, autant te dire que ce n'est pas gagné. Je vais faire un point avec Guillaume, mais grosso modo, on n'a pas le choix : il faut couper, on ne peut pas se permettre 45 jours. 7 semaines max, et même comme ça c'est une folie.

— Voyage inclus ?

— Naturellement.

Sans laisser le temps à Nathan de rétorquer, la femme quitte le bureau, ajoutant depuis l'accueil « Et ne traînons pas, il faut un plan de travail avant demain midi » sur un ton qui avait glacé le sang de Clorinde.

Il fait maintenant complètement nuit dans son appartement. Elle n'a pas le courage d'allumer la lumière, encore moins celui de se lever pour ouvrir un pot de fromage blanc. C'est tout juste si elle parvient à tendre le bras pour attraper son baladeur et son casque. *Andiamo Antonio!* Et les virevoltes des violons vivaldiens d'effacer de leurs langues habiles tout le poisseux de cette interminable journée. *Antonio, tu es la machine à laver du XVIIIe siècle, le roi de l'essorage rapide.* Volutes, tourbillons. Un long tunnel alambiqué, montagnes russes en plein Venise, qui flirtent avec l'eau des canaux. Du vent et de l'écume, de la mousse, vertigineuse ivresse. Tout son corps en tremble… Ah non, c'est son téléphone portable qui vibre, sous sa fesse.

Monsimon. Elle est tentée de faire celle qui n'a rien senti, rien vu, rien entendu, mais au dernier moment son doigt appuie sur la touche adéquate. Allô. Elle n'a pas le courage de penser, de parler, toutefois, emportée peu à peu elle lui raconte en détail ses premiers pas à Trafalgar. Car elle l'entend rire, et ces quelques notes-là font à sa fatigue un berceau encore plus doux que tous les bouillonnements soyeux du Vénitien rouquin.

19

Ce fut la peur de ne pas avoir mis son réveil qui la fit se réveiller, en sursaut. Elle soupire en voyant qu'il est à peine 7 heures, mais n'ose pas se rendormir. Un café, vite. Avec le moins d'eau possible.

Debout, le bol en main, un pied posé sur l'autre, les cheveux dans les yeux, elle s'émerveille de la ville qui s'étire au loin. Tout est encore si moelleux, les façades flottent dans les roses, les angles fondent sous les bleus. Une candeur qui s'ignore. À croire qu'on pourrait, presque, voir palpiter le cœur du monde.

Les trois jours qui suivirent furent sans doute les plus difficiles à passer pour Clorinde. Car par la suite, quoi qu'elle en dise, elle s'habitua. Ou plus précisément elle s'adapta, elle tenta de flotter, les yeux fixés sur le rivage, afin de trouver assez de courage pour garder la tête hors de l'eau. Comprenant petit à petit que la stratégie n'était pas de penser clairement, mais de ne pas penser du tout, elle serra les dents. Tâta du mantra. S'emplit d'un amour chrétien envers toute la création, cloportes et secondes assistantes compris. S'insulta, se cajola, se morigéna, s'oublia, s'autoflagella. Fut à deux doigts de pousser Agathe par la fenêtre, dans l'escalier, sous une voiture. Serra encore plus fort les dents.

Et le vendredi matin désormais, en réalisant que demain c'est la quille, Simon, dormir, baiser, Nutella, bain moussant, elle trouve ça si bon qu'elle ne se pose plus de questions.

Elle est presque légère en entrant dans les bureaux ; elle fait la bise à Daniela, la bise à Alexandre, habituée à leur étonnante indolence. Elle prend exemple sur eux, toujours impassibles face aux reproches mitraillés par Agathe. Lorsque cette dernière, tout en chlore, s'assoit face à elle, Clorinde parvient même, ô miracle, à lui sourire.

L'heure officielle du déjeuner est passée depuis longtemps quand Alexandre, annonçant qu'il descend s'acheter un sandwich, demande à chacun s'il peut lui rapporter quelque chose.

— Attends, j'ai envie de souffler, je viens avec toi.

D'un brusque coup de tête, Agathe vérifie que Nathan a bien entendu les paroles de la stagiaire, mais voit qu'il tend sa monnaie pour une salade sans plus de commentaires. Elle se mord les lèvres de colère, ou juste pour se retenir de parler. Rien n'y fait. « Ne traînez pas des heures, j'ai besoin de ton récap costumes rapidement Clorinde. »

Après quelques secondes de tergiversation, ils optent pour la boulangerie d'en haut.

— Ça va ? Tu tiens le coup avec Agathe ? C'est un peu le cauchemar des stagiaires, je crois.

— Tu as déjà travaillé avec elle ?

— Oui, sur un long l'année dernière. C'est un despote mais l'avantage, c'est que tout est carré avec elle. Pour nous à la régie ça aide.

— Excuse-moi Alex, j'ai une question un peu gênante.

Il la regarde du coin de l'œil.

— Hmm ?

— Je ne comprends pas ce que vous faites, Daniela et toi. Je veux dire, ce que vous êtes censés faire pendant le tournage. Agathe me répète tout le temps : « Laisse ça, toi tu es à la mise en scène, pas à la régie, c'est pas ton boulot », mais je ne saisis pas la nuance.

— Nous, en gros on gère la logistique. Les autorisations de tournage, les places de parking, les locations de décors, le matériel, les repas, les loges.

— C'est pas chacun qui s'en occupe pour son équipe ?

— T'imagines le bordel ? Non, c'est la régie qui centralise tout, selon ce que tes deux chefs nous disent. Eux ils décident de ce qu'on tourne chaque jour, et nous on met en place.

— C'est horrible !

— Ah ah ah… Moi je vois plutôt ça comme un jeu vidéo. On te balance des milliards d'emmerdes sur la tronche, et tu dois te débrouiller pour passer entre les gouttes. Tant que ça marche, c'est super : le monde t'obéit, le désordre se met au garde-à-vous. Mais faut être un peu fou pour imaginer qu'on peut apprivoiser la réalité : c'est pareil que de vouloir dormir avec un tigre, t'as souvent une sale tête quand tu te réveilles.

Effectivement, quand elle les écoute parler, Clorinde a l'impression de faire partie d'un groupe de conspirateurs en lutte contre un ennemi dangereux. Les journées épuisantes passées à faire des enquêtes téléphoniques auprès de gens pressés ou agressifs, sous la surveillance d'un cerbère qui allait et venait entre les allées, n'étaient rien comparées à la tension permanente qu'elle ressent à présent. Nathan en Grèce l'avait évidemment prévenue qu'un tournage était une épreuve ingrate, avec peu de compensations. Clorinde avait balayé ces mises en garde en riant. Au bout de quinze jours, la voilà qui paraissait nettement moins fringante.

Pour lui donner l'occasion de souffler un peu, Nathan demanda à son assistante de lui confier la recherche de quelques décors simples. En entendant ça, Agathe a un frisson d'horreur. « Non, je vais m'en charger, elle n'a jamais fait ça, c'est du temps perdu. » Nathan enchaîne sans argumenter : il sait qu'Agathe se permet parfois une objection, mais deux jamais. « Si tu lui expliques, elle s'en sortira très bien. »

Clorinde est paralysée par la nouvelle mission qui lui incombe. Elle réalise que la routine insupportable dans laquelle la plongent les récapitulatifs ordonnés par Agathe vaut peut-être mieux que cette soudaine responsabilité. Elle autrefois si impétueuse, se voit tomber de plus en plus souvent dans une timidité dont elle est la première meurtrie. Mais n'étant pas en position d'exprimer son sentiment sur les choses, elle note avec application les instructions d'Agathe, et munie de l'appareil photo que celle-ci lui a confié, part à la recherche du décor n°47 (une entrée de boîte de nuit) et du décor n°24 (une place charmante).

Dans le métro, elle consulte le tableau intitulé « Récapitulatif Décors ». Si le décor n° 47 n'a pas d'importance particulière dans le cours de l'histoire, le décor n° 24, lui, est l'endroit où Manon et Franck se donnent rendez-vous régulièrement. Dans le scénario, la « place charmante » était à peine décrite, et Agathe n'avait pas été beaucoup plus précise : « S'il n'y a pas de banc, ne t'inquiète pas, la déco en apportera un. Photographie les endroits sans trop de voitures, et avec des immeubles plutôt anciens, Kalpert a horreur du moderne. Il veut des arbres, et un petit côté romantique, romantique pas cucul. Ne te pose pas de questions, shoote tout ce que tu croises, on fera le tri après. »

La première demi-heure de déambulation l'impressionne au plus haut point, elle trouve toujours une excuse pour éviter de prendre une photo. Aucune porte ne lui évoque une boîte de nuit, les places lui paraissent très grandes, ou très petites, ou très bruyantes : le réel, offert mais farouche, est débordant, indépendant, elle se sent trop petite face à un tel adversaire. Puis, pensant à Agathe qui l'avait regardée partir avec un air méprisant, elle se ressaisit.

Et petit à petit, Clorinde se prend au jeu. À force de sortir son appareil photo, elle trouve cela de plus en plus naturel ; à force d'y capturer des images, Clorinde pour une seconde est projetée dans le film, elle voit déjà une foule de jeunes surexcités en train de faire la queue pour entrer dans la boîte de nuit la plus huppée de la capitale, un couple amoureux enlacé sur un banc. Elle se sent chasseresse, à l'affût d'un animal sauvage qu'elle doit circonscrire avec la plus grande discrétion.

De retour à Trafalgar, elle débarque en pleine tempête. Depuis sa tour de garde, Sophie, excitée comme une puce, a cessé de lire son magazine. La porte du bureau de Suzanne est entrouverte, laissant se déverser dans les locaux les vociférations de Kalpert.

— Tu te mets à genoux devant le fric, à genoux devant le pouvoir, sans une seconde de révolte, sans un éclair de mauvaise conscience… Tu es pire que le pire traître stalinien… Beria à côté de toi c'est saint François d'Assise !

Clorinde se glisse dans le bureau de gauche. On y retient son souffle. Même Agathe a lâché son ordinateur.

— Les judas dans ton style ont précipité le cinéma dans la fosse à purin où il est en train de se noyer. Faire un film Suzanne, c'est s'arracher une livre de chair pour la balancer au public, en pleine gueule. C'est pas arriver à table avec sa purée Mousseline en disant « Qui c'est qu'en veut ? »

— Ça fait trois ans que je supporte ta mégalomanie ! Trois ans que je dois me coltiner tes théories éculées sur ce que c'est que le cinéma, ce que ça a été, ce que ça ne sera plus. Mais hier, aujourd'hui, comme demain la seule chose qui ne change pas, c'est le prix que ça coûte. Apporte-moi 3 millions, et je te jure que tu pourras balancer toute la viande pourrie que tu veux, à qui tu veux, je te tiendrai le couteau même, si ça peut aider…

Clorinde rejoint sa table à côté d'Agathe. « Qu'est-ce qu'il y a ? » Agathe la tance du regard. « T'as trouvé quelque chose ? Transfère tout de suite les photos sur ton ordinateur, et puis classe-les en leur donnant à chacune un nom et un numéro, on montrera ça plus tard à Nathan. » Les cris à côté s'épuisent, se transforment en phrases incompréhensibles, puis repartent de plus belle.

Quand Agathe sort enfin pour faire des photocopies, ou se rapprocher du bureau de Suzanne afin de mieux entendre les voix qui se sont calmées, Clorinde ose lever les yeux vers Daniela.

— C'est chaud : ils sont obligés de prendre Isabelle Vuimal.

C'est Alexandre, assis sur la table près de son assistante, qui a parlé.

— Quoi ?

— Oui. Sans Vuimal, Canal se retire de la partie, ce qui fait tomber pas mal de financements qui n'étaient pas encore signés.

Un éclat de voix de Kalpert le force à s'interrompre.

— Je te préviens, si c'est elle je récris le rôle, j'en fais une guenon ridicule, je montrerai à tout le monde que contrairement à ce qu'elle veut faire croire, elle est vieille et usée, qu'elle s'ennuie, et que la seule chose qui l'intéresse c'est le pouvoir.

Pour une fois, Clorinde peut regarder Alexandre droit dans les yeux. Lui la fixe comme absorbé par la colère des chefs. Daniela s'étire : « Vuimal ! moi je trouve ça top. »

20

Au bout de la pente légère, il y a une toute petite barrière à escalader, et l'on se retrouve au bord du chemin de fer. Les rails semblent naître de rien, absurdes, superflus, puis partent vers la droite en bravant l'enchevêtrement des herbes folles. Ils n'y arrivent pas toujours très bien.

Des arbres de chaque côté montent la garde. Depuis le ras du sol, il est probable que les rails ne se rendent même pas compte qu'ils traversent, en plein ciel, Paris. Clorinde écarquille les yeux, soudain arrêtée dans son mouvement. Le temps de s'emplir complètement de ce dérapage de la réalité. Pas pour s'y accoutumer, mais pour se mettre à son diapason. Simon, derrière elle, l'enlace. Elle peut jouer avec ses mains, sentir ses deux bras l'enserrer.

— C'est fou, c'est juste fou…

Alors, pour la rime, il l'embrasse au creux du cou.

— On peut aller par là ?

Avant même qu'il ne réponde, la jeune fille s'est précipitée. Sous ses pas se froissent et crissent les graviers, étouffant sans peine les bruits de la ville derrière eux. Et ils s'engouffrent dans cette extravagante saignée verte qui serpente au milieu des immeubles. En apesanteur.

— Il faudrait qu'une scène du film se passe ici.

— Imagine la tête de Nathan ! Ça doit être super facile niveau autorisation…

— Je suis sûre que ton ogre adorerait.

— Lui, oui. C'est surréaliste à souhait.

Clorinde se rapproche du bord, pour observer la rue en bas. Les passants passaient, sans savoir ce qu'ils manquaient, là, si près, au-dessus de leur tête.

— On est sur un bateau. Sur une navette spatiale ! On navigue à travers les cours, les immeubles, notre tapis volant est un tapis de mousse. Et nous sommes invisibles. Et nous sommes tout puissants.

Elle regarde Simon, et curieusement c'est elle qui le trouve touchant. Il l'écoute, une fleur fragile entre les dents. Il ne peut cacher une certaine fierté. On voit si bien sous sa peau l'enfant.

Ils reprennent leur déambulation. Le soleil par moment frappe sans mansuétude. Subitement ranimés, des grillons venus d'on ne sait où se mettent à grincer, comme un manège qu'on rebranche après une coupure d'électricité. Il y a quelque chose d'urgent, et de désespéré, à leur étrange chanson que personne ne comprend.

Ils croisent une gare, ou ce qu'il en reste. Quelques pans de béton, des murs incertains, une carcasse d'auvent, une avancée qui n'a plus de quai que le nom. Partout des couleurs explosives recouvrent les surfaces grises. Le cou tendu, Clorinde déchiffre les centaines de signatures laissées là comme dernier pied de nez à la fugacité du monde, et ses exclamations résonnent, joyeuses, dans cet écrin post-apocalyptique. Simon, assis, joue avec un vieil écrou rouillé. « À quoi tu penses, Siboulet ? — À rien. » En réalité il voudrait rester là pour toujours, immobile, posté avec elle sur les rives du temps : deux silhouettes imprécises, deux belles larmes sur fond d'effondrement.

— C'est le scénario qui te tarabiscote, j'en suis sûre. Il faut arrêter d'y travailler autant, ça ne va plus ressembler à rien.

— Le souci avec Kalpert, c'est qu'à force de se focaliser sur les personnages, il en oublie les situations. Il y a beaucoup de psychologie, mais pratiquement pas d'histoire. Là, tel quel, je ne vois pas trop ce que ça pourrait donner.

— Un roman ?

Simon a un sourire amusé.

— Pauvres écrivains qui doivent se battre, page après page, contre l'absence du corps. Oh, même pas se battre, en fait, pallier. C'est tragique. Kalpert, lui, vit une tragédie inverse : tous ces corps ! Absents et pourtant là. À jamais. Il ne parle que de ses comédiens et de leurs corps, il est obsédé…

Dès qu'elle entend « corps », Clorinde pense aux fesses de Simon quand il se cambre, aux muscles compliqués qui vallonnent son dos, à ses cuisses à peine écartées, sa queue dressée, ou molle, son bras relevé, plié en deux, bref à toutes ces lignes de force, ces lignes de fuite qui modèlent et contiennent la chair de son amant. Elle reste d'un sérieux exemplaire, toutefois, comme s'il lisait en elle, Simon attrape sa main, l'approche de sa bouche et après un tout petit baiser la mord avec brusquerie.

— Aïe !

Rapide mais efficace. Un point rouge, entouré d'un halo blanc. Et la trace des dents.

— Oui, « Aïe », c'est ce que devrait crier un lecteur en jetant le livre loin de lui, le spectateur en quittant la salle offusqué… Mais pour ça il faudrait des corps à maltraiter, des peaux à estamper… pour de vrai. Nous ne sommes rien d'autre que des éleveurs de fantômes !

Elle n'a jamais vu les choses sous cette perspective-là. Elle essaye vaguement ; elle ne comprend pas.

— Et si nous avons besoin de fantômes pour nous sentir vivants ?

— Ça ne se passe pas comme ça. On n'apprend rien d'un fantôme, car lui-même ne pourrait rien apprendre de nous. Il faudrait un contact, et il n'y en aura pas : l'inverse de l'absence, va savoir pourquoi, ce n'est pas la présence. C'est un mensonge qu'on accepte d'avaler pour continuer à vivre. Mais les deux ne coïncideront pas.

— Rassure-moi, Siboulot, tu n'écris pas des tartines pareilles pour le Vieux ?

— Ah ah, de toute façon on n'en est pas aux dialogues, il dit qu'il verra ça avec les acteurs : « Un dialogue c'est tellurique. »

— OK, je vois le genre de la maison…

Simon au milieu des voies a fermé les yeux, immobile, bien droit. Il respire. Ou écoute. Ou cherche juste à se rendre intéressant. Dans l'air remuant, ses cheveux ressemblent à une mer inquiète. Clorinde lutte contre une peur sourde qui semble avoir sauté des fourrés, cherchant sa gorge, comme une louve. Précise. Trop rapide pour qu'on l'esquive, et belle. Trop belle pour qu'on puisse résister à l'envie de la regarder, au moins un peu. Il ne faut pas. Et pourtant Clorinde ne veut pas non plus se laisser aller à fermer les yeux à son tour, car elle sait. Que l'un des deux à ce petit jeu-là aurait… oui, disparu.

21

Clorinde avait tant entendu parler des « bureaux de prépa » qu'elle s'était fait une idée idyllique de ce que deviendrait sa vie de stagiaire à partir du moment où ils s'y installeraient. Ils déménagèrent au début de la semaine suivante : on était loin du compte.

En arrivant le lundi matin devant le 17 rue Turgot, elle se mord la lèvre de dépit : c'est un parking haut de huit étages, elle a dû noter n'importe comment l'adresse, et maintenant il va falloir appeler Agathe et affronter sa colère froide.

— Tu es en bas Clorinde ? Ah oui je te vois. Bouge pas, je viens t'ouvrir.

Clorinde lève les yeux. Qu'est-ce que c'est que cette histoire ?

Une porte, à quelques mètres de l'entrée du parking, s'ouvre : Agathe lui fait signe. Clorinde la suit dans un couloir aux teintes jaunes et brunes, jusqu'à un ascenseur qui les accueille avec un sinistre grincement.

— C'est une galère monstre, ces bureaux. Il n'y a qu'une clé pour en bas : interdiction de la copier, c'est le premier qui arrive qui doit l'avoir le matin, donc qui doit partir le dernier le soir. Alexandre est pas ravi ravi, si tu vois ce que je veux dire.

Clorinde est étonnée de cette brusque bouffée de camaraderie dans le ton d'Agathe.

— Du coup, à chaque fois que quelqu'un arrive, il faut qu'il nous appelle, et qu'on descende le chercher. Je sens que Kalpert va adorer.

Ne sachant que répondre, Clorinde préfère encore se taire. Les dernières minutes dans la cabine se déroulent au son des poulies qui chuintent.

Les bureaux occupent tout le sixième étage, plus quelques pièces au cinquième, « pour la déco et les costumes ». Le reste de l'immeuble est vide. Lorsqu'on prend l'escalier – l'ascenseur est capricieux – on peut entendre les voitures monter ou descendre la rampe centrale à grands coups de crissements de pneus. Le contraste avec les locaux de Trafalgar est brutal. Les pièces se pressent les unes contre les autres, sombres, exiguës, avec un faux plafond composé de plaques de polystyrène dont certaines manquent, laissant voir par endroit des espaces mystérieux parcourus de fils électriques ou de tuyaux à moitié mangés par l'ombre. Le papier peint, d'une couleur aussi déprimante que fatiguée, ne tient pas partout très bien. L'impression générale est à mi-chemin entre les locaux d'une police secrète aux méthodes peu recommandables et un sanatorium d'Allemagne de l'Est aux alentours de 1977. Agathe est aux anges.

— Enfin on va pouvoir s'organiser. Ce coin-là, c'est pour nous deux, et là c'est la table de Nathan. Il est pile à la rencontre des trois pièces : tourné comme ça il nous parle, tourné comme ça il donne sur le bureau régie (elle hausse les sourcils, c'est devenu un tic dès qu'elle prononce le mot « régie »), et tourné encore d'un cran, il peut discuter avec Guillaume.

— Guillaume vient ici ?

— Évidemment, Clorinde. C'est le directeur de production.

Ah, c'était donc évident. Elle embrasse Daniela et Alexandre, puis dans le mouvement enchaîne sur les joues d'un jeune gars blond, très marin breton, qui porte à bout de bras une planche en formica blanc.

— Bonjour. Milo, je suis stagiaire régie.

— Clorinde, stagiaire mise en scène.

Il pose la planche sur des tréteaux, repart chercher des chaises. Clorinde est toute remuée : elle n'est plus la seule stagiaire ! Agathe la rappelle à l'ordre.

— Tiens, Clorinde, pose tes affaires là. On va sortir un plan de travail en A2 et le punaiser au mur. On en mettra un au-dessus du bureau de Guillaume, et puis on en filera un à Alexandre.

Clorinde déballe son ordinateur et se met en quête du carton contenant l'imprimante. Elle sait que « on » est la façon la plus gentille qu'Agathe a de lui demander de faire quelque chose. Désormais, elle ne s'en offusque plus. Agathe la fascine. On dirait une actrice dévouée corps et âme à son rôle, chaque détail, chaque intonation sont choisis avec soin. Pas d'âme, pas d'état d'âme, se dit Clorinde en l'observant du coin de l'œil. C'est une machine, dévouée, fiable, avec qui il est inutile de tenter la moindre incursion sur des terrains autres que professionnels. Et à l'arrivée, tout le monde la déteste.

La fabrication des plans de travail grand format se révéla interminable. Guillaume était arrivé depuis longtemps, elle n'eut pas besoin de le fixer au mur pour lui.

— Le fameux n°5. Alors tout rentre ?

Nathan depuis l'autre bout de la pièce répond à sa place.

— Ça ne rentre pas, regarde : ça déborde de partout. Kalpert ne veut rien couper. J'ai fait ce plan de travail sur quarante jours parce que vous le vouliez, mais je viens d'envoyer un mail à Suzanne : c'est intenable.

— C'est ton réal, Nathan. Tu dois le convaincre de couper, ou de revoir certaines scènes à la baisse.

— Pardon ? Non, ce n'est pas « mon » réal. Je suis peut-être « son » assistant, mais ça s'arrête là. J'essaie de lui dire sur tous les tons que ça ne marchera pas, il n'en a rien à faire. C'est un problème de production, à ce niveau-là. C'est à vous de gérer ça.

Guillaume, les yeux fixés sur le plan de travail, hausse les épaules en signe d'impuissance. Alexandre s'est rapproché pour examiner lui aussi le document.

— Ah, on part en semaine 3 au Luxembourg... il n'y a plus la dernière semaine à Paris ?

— Comment ça, « Ah » ? On en a parlé vendredi, si je l'ai mis sur le plan de travail, c'est que tu m'as dit que c'était OK.

— Oui oui… de toute façon, on s'adapte, on s'adapte, hein.

Nathan préfère ne pas répondre. Alexandre hausse la voix pour se faire entendre jusqu'à l'autre bout des bureaux.

— Dada… C'est semaine 3 pour le Lucos, faut avancer les résa.

Daniela vient chercher un exemplaire du plan de travail sans un mot. Alexandre a le temps de rajouter « reste floue sur la date de départ, on sait jamais, si ça rechange » avant qu'elle ne retourne dans son coin.

Toute la semaine ils ne parlèrent que de ce « fameux n°5 », comme si c'était le tournage, cet animal fuyant, qu'ils pouvaient ainsi attraper. Maintenant que la préparation était officiellement installée rue Turgot, les différents corps de métier défilaient, pour discuter rémunération, contrat, planning, parler des souvenirs communs, ou se plaindre de l'avenir toujours plus inquiétant de la profession.

Les premières fois, le téléphone sonnait, Agathe répondait, raccrochait, et regardait Clorinde : « tu peux descendre lui ouvrir ? » Et puis avec le temps, il suffisait qu'Agathe après avoir décroché dise « pas de problème, on arrive » pour que Clorinde se lève, sans un regard.

De même qu'à l'époque des premiers tableaux, tous les chiffres, les mots, les codes se mélangeaient, voilà qu'avec ces visites permanentes, Clorinde doit lutter contre des noms, des fonctions, des hiérarchies auxquelles elle a le plus grand mal à s'habituer. Jour après jour, elle découvre une nouvelle tête. Grâce à l'absence de porte, elle peut suivre les conversations entre les nouveaux venus et Guillaume, ou Nathan. Elle n'ose pas demander à Agathe qui est qui, elle préfère grappiller des indices, faire des recoupements. Elle garde sur son bureau la liste technique qui regroupe tous les membres de l'équipe du film, et coche discrètement les noms de ceux qu'elle réussit à identifier. Le très mat, c'était Raoul. Chef machino (restait à saisir ce qu'était exactement un machino par rapport à un électro). Donc Alain, le timide avec des cheveux courts et un nez bizarre, c'était son assistant (elle avait compris qu'elle devait toujours s'adresser aux assistants plutôt qu'aux chefs. S'il y avait un stagiaire, c'était encore mieux). Stagiaire combo, tiens... Qu'est-ce que c'est que ça? Ah, c'est dans l'équipe caméra... Juliette... Non, elle n'avait pas vu de Juliette.

— Allô? Oui, Jean-Pierre, on descend. Ne bouge pas.

Clorinde se lève comme un automate. Elle a juste le temps de voir sur sa liste qu'elle part ouvrir au chef décorateur. Parfois elle a l'impression d'être une hôtesse d'accueil dans un goûter d'anniversaire géant. Un goûter qui tarde tant à commencer que tous les invités risquent de dormir depuis longtemps quand arrivera le clown magicien.

— Cher ange, descendu des nues !

Jean-Pierre a la cinquantaine, une tête de faune et des yeux rieurs d'un bleu zircon qui semblent se régaler des formes de son cicérone.

— Bonjour. Clorinde.

— Et en plus Clorinde ! Le cinéma français fait des progrès, ça valait le coup de tenir toutes ces années. Venez là Clorinde que je vous embrasse, moi c'est Jean-Pierre, ou Jeep, comme les tout-terrains.

Il fait claquer deux baisers sonores et paternels. Ils montent. Le cigare qu'il fume est impressionnant ; il transforme effectivement au bout de quelques secondes la cabine de l'ascenseur en nuage d'opérette.

— Comment va la vie pour vous, jeune Clorinde ? On vous traite bien ici ?

— Oui, ça va…

— Oh, « ça va » ? La lionne qui se faisait souris. Vous les écraserez tous, Clorinde, croyez-moi. Je le vois. « Tu es belle, Clorinde, comme un rêve de pierre, Et ton sein, où chacun s'est meurtri tour à tour, Est fait pour inspirer au poète un amour Éternel et muet ainsi que la matière. » Baudelaire, Charles. Pas la moitié d'un con.

Jean-Pierre virevolte d'un bureau à l'autre pour saluer chacun. Il distribue les remarques et les plaisanteries comme un père Noël sous ecstasy. Devant le plan de travail punaisé au mur, il siffle d'admiration à l'intention de Nathan : « Ben ma petite pute, tu t'es surpassé. » On lui montre son bureau au cinquième. Il peste. Dans l'après-midi, les autres membres de l'équipe déco le rejoignent, et l'on entend depuis le sixième les rires, les coups de marteau, les éclats de voix qui émaillent pendant des heures cette installation mouvementée.

À la fin de la semaine, presque tous les noms sur la liste de Clorinde sont cochés. La jeune fille se sent dans une position assez particulière, à la fois transparente et complice. Si peu importante qu'on peut se confier à elle sans risque. Elle sourit, elle aide, elle écoute les remarques des uns et des autres, et progressivement, même si elle a l'impression que dans leur esprit elle est interchangeable avec n'importe quel stagiaire, elle sent que tout le monde l'aime bien. Pas comme un être humain, pas comme un animal de compagnie… non… comme un coussin qu'on découvre avec soulagement dans un canapé défoncé, plutôt.

22

Clorinde n'avait pas l'habitude de tant se taire. Elle dut apprendre. Jusque-là, sans même y penser, elle avait agi dans sa vie selon une ligne de conduite radicale : moins on lui demandait son avis, plus elle prenait cela pour la preuve qu'il fallait le donner. Il y avait même eu des occasions où Clorinde s'était inventé un avis pour la simple, et peut-être bonne raison, qu'il est plus agréable de perdre un combat que de ne pas le mener du tout. Elle se voulait une mercenaire de l'opinion, toujours prête à endosser des couleurs qui n'étaient pas les siennes, non par appât du gain, évidemment, mais par loyauté, par abnégation. À ses yeux le monde ne pouvait fonctionner que si tous les points de vue avaient le droit d'exister, et un point de vue n'existait que si on le défendait.

Le fait est que pendant les discussions autour de tel ou tel détail du film – pratique, technique, artistique, ou même philosophique – il n'y avait jamais aucun point de vue qui ne fût défendu. Maintenant que le tournage se rapprochait « pour de vrai », les réunions succédaient aux réunions. Qu'elle soit assise à la grande table pour prendre des notes, quand Agathe avait un problème urgent à régler, ou qu'elle entende de la pièce d'à côté les oui, les non, les peut-être qui tourbillonnent pendant des heures à chaque fois qu'il fallait trouver une solution putative à un problème qui risquait, un jour, probablement, de se poser, Clorinde en tout cas n'a plus jamais la tentation d'ouvrir la bouche pour dire ce qu'elle en pense. Dans un premier temps, parce que sa condition de stagiaire a fini par primer sur ses convictions d'être humain, et qu'elle a peur d'être immédiatement rabrouée pour des idées qui ne méritent même pas de porter cette dénomination. Puis l'expérience aidant, parce qu'elle n'est plus du tout sûre d'avoir envie de penser quoi que ce soit de tous ces détails exténuants.

Il ne faudrait pas croire pour autant que Clorinde soit devenue blasée, au contraire elle prend chaque jour plus de plaisir à regarder défiler, depuis le bas-côté de la route, cette troupe bigarrée, presque exotique. Elle l'observe toute la journée, et le soir elle appelle Simon pour lui raconter. Enfin parler ! Et rire, et commenter. Sur son lit, environnée de ténèbres, elle détaille pour lui les personnalités de chacun, les caprices, les jalousies, les tractations, les compromis, voire les compromissions. Simon, renversé sur son canapé, ferme les yeux ou bien les colle, grands ouverts, aux parois de son verre, sentant contre le front une agréable fraîcheur, pendant qu'il s'amuse à colorer de pourpre, grâce au vin, tout ce qu'il regarde.

Il la fait parler, pour avoir le bonheur d'entendre sa voix cascader. Il se sent caillou au milieu de l'écume, caressé par ce chaud courant. Il rit parfois des plaisanteries de la jeune fille, mais la plupart du temps, il rit du simple bonheur de pouvoir se baigner si longtemps dans une onde si douce.

En semaine, Clorinde est trop fatiguée pour passer la nuit avec lui. Et puis au matin, où aurait-elle trouvé le courage de se lever ? De renoncer à la chaleur de Simon ? Il est plus facile de l'attendre que de le quitter.

Simon s'est glissé dans cette situation avec sa souplesse coutumière. Jamais il ne fait la moindre remarque à Clorinde, jamais il ne lui reproche ce qui est devenu flagrant : elle est obsédée par ses nouvelles fonctions, elle ne pense qu'à ça, ne parle que de ça. Patiemment il l'écoute. Tente de retenir les noms. Accepte sa fatigue, ne se plaint pas de son absence. Et s'est habitué à leurs conversations nocturnes au téléphone. Lui !

Il leur reste le week-end. Ah ça oui, le week-end, ils se rattrapent. Toute la journée, toute la nuit, enfermés dans leur tour d'ivoire, ils font l'amour, refont l'amour, comme on refait un lit après la nuit, comme on refait une ville après la guerre. Le reste du temps, c'est plus fort qu'elle, elle lui parle du film. Elle lui montre des photos, tous les décors, les costumes, les comédiens déjà retenus. « Kalpert ne te demande jamais ton avis ? Quand même, il pourrait consulter le scénariste, s'assurer que vous voyez les choses de la même manière. Regarde, ça c'est le voisin… je ne sais pas pourquoi, il ont choisi un Coréen. » Est-ce parce que Clorinde reste convaincue que Simon s'est inspiré d'elle pour le personnage de Manon, savoir qui va l'interpréter lui tient particulièrement à cœur. Mais obtenir des renseignements sur l'état des tractations là-haut, entre Suzanne et Kalpert, dans le monde des divinités intouchables, c'était mission impossible. Si tout le monde sait désormais qu'Isabelle Vuimal fera le film, et que Sébastien Hals jouera le rôle de son mari, rien ne semble décidé quant à celle qui incarnera la maîtresse de Franck. Simon confirme. « Manon ? Kalpert hésite. Une blonde, une brune, une fragile, une tempétueuse. » Clorinde s'étonne : Simon doit bien avoir une préférence ? « Oh, moi, tu sais… » Elle comprend qu'il y a peut-être là une dernière carte à jouer, et lance les images du casting qu'elle a réussi à copier en toute discrétion sur son ordinateur. Simon à la fin du visionnage se laisse persuader que la blonde là, Laura Maupertuis, est loin au-dessus du lot. Sexy, piquante, avec une présence dingue, vraiment, y'a pas photo.

Sa voix joua peut-être auprès de Kalpert, ou bien s'agissait-il d'une coïncidence : quoi qu'il en soit, on apprit quelques jours plus tard que Laura serait Manon. Sa photo rejoignit celles de Vuimal et de Hals sur le grand mur du bureau mise en scène.

23

Deux semaines avant le premier jour de tournage – ce fatidique 27 septembre dont tout le monde parle en baissant la voix – la plupart des éléments du puzzle étaient connus. Au cinquième, le bureau des décorateurs s'est couvert de croquis, de maquettes, de photos qui permettent d'imaginer l'environnement dans lequel évolueront les héros du film. À côté, Viviane, la chef costumière, a rempli des dizaines de portants, avec l'aide de sa fille Sibylle qui lui sert d'habilleuse en même temps que de souffre-douleur. Les scènes commencent à avoir une vie propre dans le cerveau de Clorinde, qui lorsqu'elle entend Seq 34 sait qu'il s'agit de l'ancienne séquence 28/ int jour – « Alice rentre plus tôt que prévu de voyage, Manon a dormi là. Petit déjeuner à trois. »

Pendant quatre jours, Clorinde se retrouva le seul membre de l'équipe mise en scène à Paris. Après avoir beaucoup tergiversé, Agathe s'était résolue à accompagner Nathan au Luxembourg, pour le dernier voyage de repérage qui réunissait la plupart des chefs de poste autour de Kalpert. Dès qu'elle a trois minutes, elle saute sur son téléphone pour vérifier que Clorinde s'est acquittée d'une tâche qu'elle lui a confiée, ou pour lui demander des nouvelles de telle affaire en cours qui soudain, avec la distance, semble revêtir une importance considérable à ses yeux. Dans le brouhaha, derrière la voix de sa chef, Clorinde peut entendre le rire de Jeep, les éclats de Kalpert, le murmure de Guillaume, et tente d'imaginer la petite bande en train de visiter les décors les uns après les autres comme une troupe d'enfants lancés en grand secret dans la préparation d'une bataille décisive contre la bande du village voisin. Elle qui a si souvent émis le vœu que cette aventure absurde s'arrête, la voilà qui a hâte à son tour de la voir commencer, pour de vrai !

— Il y a pas mal de choses qui bougent, maintenant que Kalpert découvre les appartements meublés. Tiens, d'ailleurs commence à faire une recherche sur les instituts de sourds et muets au Luxembourg, moi je n'ai pas le temps, et Kalpert risque d'avoir une nouvelle idée... Tu m'entends Clorinde ? Allô...

— Pardon Agathe, je cherche mon portable, il sonne... Les sourds et muets, OK j'ai noté. C'est pour quoi ?

— Fais la liste, Clorinde, fais la liste. Le pourquoi on verra ça après, le cas échéant.

— C'est Viviane, deux secondes je réponds... Oui Viviane, je descends... Allô Agathe, il faut que je raccroche, Viviane attend en bas en voiture...

— Quoi qu'il en soit ma Margherita est arrivée, on se rappelle plus tard.

Clorinde descend les escaliers quatre à quatre. Dehors, le break de Viviane bloque la rue et déclenche des cascades de klaxons haineux.

— Bonjour ma belette, saute dans la voiture, on monte, tu vas nous aider à porter tout ce qu'on ramène.

Devant, Sibylle était nerveuse, c'est à peine si elle répond au bonjour de Clorinde.

— Maman, démarre, ça ne se fait pas !

— Ça se fait si on a envie de le faire, tu crois vraiment que ces imbéciles ont une raison valable d'être si pressés ?

Passant la tête par la portière, elle se retourne et affronte ses adversaires avec une voix étonnement forte pour quelqu'un d'aussi flegmatique qu'elle.

— C'est bon, on a compris le message. Vos gueules les mouettes.

Elle fait vrombir son moteur, et s'engage sous la barrière enfin relevée. Dans le rétroviseur elle peut voir Clorinde qui sourit.

— Chaton, tu m'excuseras, j'ai préféré t'appeler plutôt que ce crétin de Milo. Il a quoi ? Il a été bercé trop près du mur, bébé ?

— Maman !

— Écoute, il est peut-être de bonne volonté, mais je te promets qu'il a un problème moteur, il est incapable de porter un sac, il fait tout tomber, et l'autre jour quand je lui ai demandé d'ouvrir la planche à repasser j'ai bien cru qu'il y laisserait la moitié de ses doigts.

— Attention, tu frôles le bord !

— Quoi, le mur ? Mais non, il est loin…

La voiture parvient tant bien que mal au cinquième niveau, et les trois femmes transvasent les dizaines de sacs du coffre jusque dans le local costume avec l'aide de Louis, l'assistant accessoiriste qui travaillait en silence dans le bureau déco.

— Tu vois Sibylle, Louis ça c'est un vrai petit gars. Ah mon trésor, tu ne veux pas te lancer dans la régie, plutôt que de galérer à sauver les coups de Cornélius toute la journée ?

Louis riait, Sibylle beaucoup moins. Viviane commençait à accrocher les housses sur les portants.

— Quelle fatigue, je n'ai plus l'âge de passer des heures à écouter ces attachées de presse me refourguer des robes immettables. Au fait, Clorinde, tu pourras envoyer un courriel à cette fille d'Armani, là ? Tu lui dis que c'est pour Vuimal, bla-bla, et tu lui demandes à quelle date je peux venir voir les robes du soir, l'ordinateur de Sibylle est bloqué.

— Il n'est pas bloqué, le disque dur a fondu.

— Poussinette, c'est un peu pareil, rapport à la fille d'Armani. Bloqué, fondu, il n'envoie plus de courriel, je me trompe ? ... Je me trompe ?

— Non non.

— Bon !

Elle fait glisser une fermeture éclair.

— Regarde Clorinde ce qu'on a pris chez Gaultier pour Marion.

— C'est Manon, maman...

— Ça va, tout le monde avait compris. C'est à cause de Tante Mounette, sa petite cousine, ou sa nièce, je ne sais plus, bref elle s'appelait Marion. Mais tu ne l'as pas connue. Regarde, c'est beau non cette teinte? Il rentre quand Kalpert de Luxenville Bourg?

— Après-demain.

— Il faut qu'il soit là quand la petite viendra essayer, on n'a plus trop de temps pour se retourner. De toute façon, il n'a rien à dire, il n'a aucun goût. Regarde, passe-la tu vas voir sur une blonde c'est superbe… Vous faites la même taille, vas-y passe-la.

Clorinde enlève son pull et enfile la robe par-dessus son pantalon.

— Attends, elle est moulante, vire le jean. Enfin, Louis, tu crois qu'on te voit pas mater Clorinde à moitié à poil?

— Pardon… non… pas du tout… C'est juste que je me demandais… c'est la robe de la 67?

— La 67? J'en sais rien, ne me parle pas par chiffre, c'est quoi la 67?

Sibylle prend de vitesse tout le monde.

— « Une réception à l'ambassade. Manon saigne du nez. » Oui, c'est bien pour cette séquence-là.

— Le problème c'est que je dois camoufler la pompe, le réservoir et les tuyaux, Kalpert veut qu'on voie le sang couler en plan large, de plus en plus. Cette robe… mmm, c'est un peu le pire que tu pouvais me trouver…

— Excusez-moi les gars, si la costumière ne réfléchit pas à vos histoires de Dracula quand elle essaye de donner à ce film la touche de classe qui lui manque partout ailleurs…

Clorinde pivote pour se contempler dans la grande glace en pied.

— Cela dit, Viviane, cette robe, pour Manon, c'est quand même hyper classe justement… Je veux dire elle est étudiante, elle galère en faisant des enquêtes téléphoniques le week-end, comment elle s'est payé une robe pareille ?

— C'est sûr que maintenant que je la vois sur toi, tout de suite ça en jette plus que dans le magasin. C'est pour ça que je voulais que Maupertuis me montre des machins à elle, aussi. Mais elle dit qu'elle n'a rien.

— Moi j'ai des robes pas trop mal, je te les apporterai si tu veux. Elles sont moins ajustées, pour Louis ça serait mieux.

— Louis, il se débrouillera avec ce qu'on choisira, hein. Désolée mon vieux.

— Même celle-là, Viviane, regarde. Elle est pas mal.

Clorinde fait tomber sa robe avant d'en dégager une autre de sa housse. Louis baisse la tête. Clorinde se tourne vers eux une fois la robe mise. La costumière soupire.

— Cette robe-là c'était pour la copine… Moui, tu as peut-être raison, elle te va bien, ça fait assez habillé si on rajoute une ceinture dorée. Sibylle, ma chérie, prends une photo, on risque de tout mélanger après. Ah non, je n'ai plus l'âge. Plus du tout l'âge.

24

QSD… VBN… IOP. L'heure est à la bousculade, pourtant Clorinde fixe les touches de son clavier plutôt que de s'affairer. Dans quelques heures, la « Prépa » sera enterrée en grande pompe lors d'une cérémonie dont le nom – Fête de début de film – fait immanquablement sourire Clorinde, et après le sas du week-end, le tournage commencera.Tout le monde semble soulagé. La jeune fille quant à elle sent une certaine mélancolie à voir cette période déroutante se terminer. L'ère qui s'annonçait verrait le triomphe de l'actuel sur le virtuel, on allait impressionner de la pellicule, incarner les scènes, figer l'histoire dans une représentation définitive. De tous les possibles ne resterait qu'une seule version. Clorinde s'en désole un peu. Plus personne ne se souviendrait de ces journées passées à chercher, à rêver, à prévoir, à tâtonner, à récapituler.

Pour une fois Agathe perdait les nerfs. Incapable de s'asseoir, elle va de table en table pour demander une précision à Guillaume ou une confirmation à Nathan, récupérer des documents, morigéner les uns, bousculer les autres. Et pour ponctuer chacune de ses remarques, elle répète d'un air mi-furieux mi-résigné : « Je vous avais bien dit que cette putain de bible ne serait jamais prête à temps, chaque fois c'est la même chose. » Moïse en train de jurer avant même d'entrer dans le désert, Clorinde n'en revient pas !

Malgré tous ces énervements – ou grâce à eux aurait dit Agathe – la tragédie biblique est quasiment jugulée lorsque les premiers membres de l'équipe font leur apparition au sixième étage. Avec une fébrilité qui relève autant de l'urgence que de la fierté, Clorinde, Milo, Daniela se dépêchent d'agrafer les documents pendant qu'on ouvre les premières bouteilles de vin.

Clorinde, chargée de distribuer les bibles, peut enfin mettre un visage sur les derniers noms qui lui manquaient. Elle connaît bien sa leçon, et sait dire à chacun sa fonction sur le film rien qu'en entendant son prénom. « Juliette, tu es stagiaire combo, n'est-ce pas ? Enchantée, Clorinde, stagiaire mise en scène. » Et tous de se sentir importants. Et tous de la regarder, les uns intrigués, les autres reconnaissants.

Voyant entrer Simon, elle file vers le carton trouver la bible à son nom. L'alcool aidant, la tête lui tourne un peu : elle s'assoit pour l'observer. Il erre parmi les groupes, ne connaissant pratiquement personne. Il parle quelques secondes avec Nathan, va saluer Suzanne, accepte une coupe de champagne, cherche des yeux de quoi manger. C'est bon de le voir sans être vue. Elle le trouve gracieux, avec cette minuscule étincelle de tristesse qui ne quitte pas ses yeux, pour qui sait y regarder en profondeur. Il est différent. Souriant, serein, mais très subtilement distant. Il la remarque, et se laisse dériver jusqu'à elle.

— Bonjour, je m'appelle Simon Carmain.

Clorinde se lève pour lui serrer la main.

— Simon Carmain, l'écrivain ?

— Le scénariste…

Elle prend un scénario sur la table derrière eux.

— Ça ? C'est vous ?

— Hmm hmm…

— Je ne vous le donne pas alors, vous le connaissez par cœur ?

— Par cœur !

— Prenez quand même la bible… ça peut toujours servir.

Elle se retourne pour cocher la liste qu'Agathe tenait à récupérer à la fin de la soirée afin de savoir qui était parti sans le sacro-saint document. Il se penche lui aussi, et profite de ce que personne ne voit plus leurs lèvres bouger.

— Tu me vouvoies encore deux minutes, traîtresse, et je te viole devant tout le monde

— Tu n'y penses pas ! Le scénariste qui se tape la stagiaire à J-3, c'est d'un commun…

— Excusez-moi.

La voix derrière eux les a fait sursauter. Ils se redressent avec un peu trop de hâte.

— Il paraît que c'est ici pour les bibles ? Je suis Manon, enfin Laura Maupertuis. Bonsoir.

Clorinde balbutie, Simon se présente. En entendant son nom, les yeux de Laura pétillent.

— Enchantée ! C'est amusant je ne vous imaginais pas comme ça.

— Comme quoi ?

Clorinde, qui cherche dans le carton la bible au nom de Maupertuis relève la tête. Elle n'aime pas du tout le sourire qu'elle entend dans la voix de Simon.

— Si jeune, je veux dire. Je ne sais pas pourquoi, j'ai toujours tendance à me faire une idée sinistre des scénaristes. Vieux, ennuyeux et maniaques. Comme si c'était les dernières personnes à avoir le droit d'être sexy.

— Chut, c'est nous qui faisons courir ces bruits-là pour ne pas être assaillis de demandes intempestives qui nous détourneraient de notre dur labeur.

Clorinde l'observe, interloquée : il n'a d'yeux que pour la blondeur de Laura. En désespoir de cause, elle tend à la jeune femme le livret qu'elle a enfin trouvé. L'autre la remercie à peine, trop absorbée par la conversation.

— Ah ? C'est un travail monastique ?

— Exactement, un dévouement total, un renoncement absolu, une vie de sacrifice.

— Serait-ce un autre mensonge que vous essayez de propager, histoire de décourager les apprentis scénaristes qui voudraient prendre votre place ?

— Non, ça c'est juste pour qu'on nous plaigne.

— Ça marche, vous me faites une peine folle ! Surtout avec votre verre vide. Ne bougez pas, je vais chercher une bouteille, il faut que nous trinquions à ces révélations.

Laura se dirige vers le buffet et Simon se retourne vers Clorinde. Le voir sourire l'énerve d'autant.

— T'as raison, je préfère que tu la dragues pile devant moi, c'est plus réglo.

Il lui fait les gros yeux et, se penchant en arrière pour s'appuyer d'un bras sur le bureau, la pince discrètement.

— Je ne fais ça que pour te voir en colère… C'est très flatteur !

— Tu parles, tu aurais vu comment tu la dévisageais ! Toi, on te balance un compliment, même très niais, et t'es comme deux flancs ! Elle paraît beaucoup plus vieille en vrai que dans les films, non ? La pauvre, si elle savait qu'au-dessus de 22 ans, aucune fille n'a sa chance avec toi…

— Je t'aime jalouse. Faudra que j'essaye plus souvent !

— Jalouse, n'importe quoi. Allez, va la rejoindre, tu m'énerves et tu m'empêches de travailler.

Il se penche comme pour l'embrasser dans le cou. Clorinde fait un saut de côté.

— Arrête, Simon.

Haussant les épaules d'un air philosophe, il obtempère. Clorinde suit sa progression dans la petite foule toujours plus bruyante, puis se force à le regarder d'un air détaché ouvrir une nouvelle bouteille de champagne, servir Laura, trinquer avec elle… Vains efforts ! À aucun moment ni lui ni l'actrice ne se tournent vers Clorinde.

25

Les camions sont visibles de loin, alignés de chaque côté de la rue. Elle les longe impressionnée ; elle ne les avait pas imaginés aussi larges, aussi hauts. Elle n'ose pas saluer les électros et les machinos qui en montent ou en descendent, elle se sent en pays étranger.

Une table couverte de viennoiseries est installée au croisement de deux rues. Daniela penchée sur un thermos de café lui fait un sourire crispé : « Bien dormi ? » Clorinde sait que c'est sa façon à elle d'être gentille. Après tout, pourquoi pas. « Y'a ta chef qui te cherche partout. Prends un talkie, là, regarde. » Du pied elle désigne une lourde valise métallique sous la table. Les talkies sont au garde-à-vous, hostiles parallélépipèdes rectangulaires noirs, fichés dans des socles clignotants de verts, de rouges, l'antenne dressée. C'était donc bien la guerre…

À peine en a-t-elle attrapé un, qu'Agathe arrive en trombe. « Qu'est-ce que tu fais Clorinde ? Bonjour, pardon… Viens, on est à la bourre, je te montre la tente des figurants, et après tu te mets à la porte de la loge, les comédiennes vont bientôt arriver. J'ai besoin de toi à côté pour savoir comment ça avance. » Clorinde ramasse sa sacoche. Elle doit courir pour rattraper Agathe, déjà loin. « Surtout, Clorinde, tu gardes en permanence ton oreillette branchée, la loge n'a pas à entendre nos discussions. Tu réponds brièvement : oui ou non, d'accord, bien reçu. Tu ne réponds jamais directement à une question que te pose un comédien ou quelqu'un du HMC, tu dis toujours "Je vais voir avec Agathe, je vous dis ça au plus vite", compris ? » Clorinde hoche la tête. « Quoi, qu'est-ce qu'il y a, Clorinde ? » La jeune fille avoue qu'elle ne sait pas ce qu'est le HMC. « Habillage, Maquillage, Coiffure. Huit semaines que tu bosses sur le film, et tu ne sais pas ce que c'est que le HMC ? Tu m'inquiètes un peu. Reprends-toi, on n'a pas besoin de touristes, il est temps que tu te rebranches sur la réalité je crois. »

Clorinde passe la journée comme éveillée au milieu d'un cauchemar. C'est la pire des situations ; on n'a même pas, au fond de soi, la consolation de savoir qu'à un moment donné l'on se réveillera. *Il est temps que tu te rebranches sur la réalité.* L'injonction d'Agathe lui revient encore et toujours à l'esprit. Étrange réalité, faite d'ordres étouffants, de désordre inhérent, d'interdits, de soumission, d'humilité, d'humiliation, où l'on court sans fléchir, où l'on obéit sans réfléchir. La fatigue aidant, Clorinde finit par se poser des questions : et si Agathe avait raison ? Elle voudrait bien creuser le problème, mais la seule voix qu'elle entend résonner dans sa tête, c'est celle d'Agathe qui use du talkie comme d'un marteau. Elle tape méthodiquement. Froidement. « Clorinde pour Agathe, Clorinde. Il reste combien de temps pour Manon ? Clorinde, pour Agathe, Clorinde. Bloque les passants à mon signal, non remonte plus haut là on te voit dans le reflet. Clorinde pour Agathe, Clorinde. Préviens Cornelius Snouk qu'on passe bientôt à la 32, on va avoir besoin des valises sur le plateau. Clorinde pour

Agathe, Clorinde… Clorinde pour Agathe, Clorinde… » Putain de réalité !

Simon lui fit la surprise de passer dire bonjour dans l'après-midi. Il joue à merveille au passant ébaubi, mais c'est à peine si Clorinde a le temps de lui parler, tout en faisant semblant de lui demander de ne pas marcher sur ce trottoir-ci mais plutôt sur ce trottoir-là.

— Ça va comme tu veux, ma princesse ?

— Les gens sont d'un con ! Je me sens tout sauf princesse, si tu veux savoir.

— Pourtant ce gilet jaune d'œuf te sied à ravir. Un rien t'habille ! Alors tu as fait la bise à Sébastien Hals ?

— Il sait même pas qui je suis ! J'ai dû rester dehors à faire le planton devant la caravane, j'ai cru mourir de froid. Au moins il ne pleut pas, c'est une chance.

— Et la grande Vuimal ? Elle est là ? Tu pourras m'avoir un autographe tu crois ?

— Elle c'est encore pire, je n'ai même pas le droit d'approcher de sa loge. Elle a sa maquilleuse perso, son coiffeur perso, son habilleuse perso et même sa chauffeuse perso. Cyndie ! C'est la seule habilitée à rentrer dans la loge de Madame pour voir où en sont les choses. Oups, deux secondes.

Elle plisse les yeux, le regard fixé au sol. Avant d'appuyer sur l'interrupteur du talkie. « Non,

Agathe, je suis là-haut, rue Machin… Pardon je ne sais plus, celle du haut, pas celle du bas… D'accord, bien reçu. »

— Tu ressembles aux gars dans *Mission Impossible*, c'est classe.

— Ça n'a rien de classe, j'ai l'oreille en feu. Pardon madame, nous tournons un film, il faudrait que vous passiez par la petite rue ici, s'il vous plaît. Merci.

— Tu vois, les gens sont gentils.

— Non, soit ils sont collants et ils me racontent des trucs complètement débiles, soit ils sont agressifs et pressés : tout à l'heure il y en a un qui m'a carrément poussée pour forcer le passage. L'humanité va mal, hein ! Aïe, Siboulot excuse-moi, je dois retourner sur le plateau, on va changer de plan. « Oui Agathe, bien reçu, je reviens. »

— On essaye de se voir ce week-end, Indiana Jones ?

— On essaye, si je tiens jusque-là !

Elle tint. Elle se sentait en permanence prise en faute, à faire les mauvais gestes, les mauvais choix, à se tromper, à balbutier, mais elle tenait. Mauvais tempo : parfois beaucoup trop lente, souvent beaucoup trop prompte, elle échouait partout. Mais elle tenait. Peut-être parce que, n'ayant plus aucune prise sur le chaos ambiant, elle voulait au moins en avoir une sur sa propre personne. Elle dut apprendre à tomber, à se relever quand même ; à ne pas se cabrer, à résister quand même ; à pleurer en secret et à sourire quand même. Se perdre, se diluer, pour pouvoir continuer.

Les deux semaines de tournage à Paris furent éprouvantes pour tout le monde. Il ne s'agissait que de séquences extérieures : il fallait composer avec la météo, le trafic, les bruits assourdissants de la ville, les badauds, les figurants, dans un sentiment pénible de course contre la montre. Les mots d'Alexandre revinrent à l'esprit de Clorinde : un immense jeu. Aux règles absurdes. Un pas en avant, un pas sur le côté, ou en arrière, tel un pion d'échec elle était ballotée par une main toute puissante, son horizon s'arrêtait à la case adjacente. Elle avait dit en riant à Milo, qui comme elle errait aux abords de ce Waterloo désordonné sans jamais être au courant de ce qui se passait au cœur de la bataille : « Nous sommes les Del Dongo de ce tournage. » Il avait souri, un peu distrait. Il avait dû comprendre nous sommes les deux dingos du tournage, probablement.

C'est à peine si elle sait ce qu'ils tournent, heure après heure, jour après jour. Des déambulations, des rencontres, des sorties de métro, des départs en voiture ? Qu'importe ? Ce qu'elle doit savoir, c'est dans combien de temps Rachel, la maquilleuse, aura fini avec Hals, dans combien de temps la cantine sera prête à servir, dans combien de temps arrivera Isabelle Vuimal, dans combien de temps la récréation de l'école d'à côté va se terminer.

Elle était en train d'essayer de démêler le terrible écheveau qu'avaient formé les fils de son oreillette talkie et de son oreillette téléphone quand elle vit sortir Nathan du car-loge d'Isabelle Vuimal, le regard dur, le visage crispé. C'est la première fois qu'elle perçoit chez lui une colère irrationnelle, presque animale. Elle baisse les yeux pour ne pas l'importuner. Mais il vient vers elle.

— Je vais la tuer. Tu as une cigarette ?

— Non… si… enfin ce sont celles de Hals, je les lui garde.

— On s'en tape, file-m'en une. Je vais la tuer.

L'aidant à se protéger du vent pendant qu'il allume la cigarette, elle ose un sourire encourageant, sans trop savoir si une stagiaire a le droit de réconforter un premier assistant.

— Tu te rends compte que cette conne est arrivée avec plus d'une heure de retard, et qu'au lieu de se justifier ou de s'excuser, elle explique à qui veut l'entendre que le plan de travail n'a aucune cohérence. On a six plans à la traîne en quatre jours à cause d'elle, elle enquille caprice sur caprice, mais au lieu de trouver des solutions, elle fait le forcing auprès de Guillaume pour que je change l'ordre de tournage au Luxembourg.

Il tousse, mais se réagrippe tout de suite après à sa cigarette.

— Bien sûr, avec moi elle est tout sucre tout miel et me balance des « mon cher Nathan » longs comme le bras. Je suis furieux. Kalpert commence à baisser la garde. Il a beau dire, il va finir par succomber à son charme.

— Tu crois ?

Nathan tire avec avidité une dernière bouffée, qu'il expire très lentement pour se calmer.

— Allez, il ne faut pas entrer dans son jeu, c'est tout ce qu'elle cherche. N'en parlons plus. J'y retourne. Ça va toi ?

— Oui, nickel.

— Il paraît qu'elle est prête dans dix minutes. Tu envoies Cyndie vérifier dans neuf minutes ? Et dès qu'elle sort, tu préviens Agathe.

— Pas de problème.

En repensant à ce tournage parisien dans la voiture qui l'emmène au Luxembourg, Clorinde a l'impression de voir une bande-annonce au montage chaotique. Sans aucun effort narratif notable. Juste des bouts de conversations interrompues et jamais reprises, des effleurements, des montées d'adrénaline, des sourires, un brusque ennui, ou une lassitude infinie. Pendant qu'elle attendait devant la porte de la loge, en passant d'un pied à l'autre pour combattre l'engourdissement et le froid, elle s'est souvent demandé à quoi pouvait ressembler la vie de ceux qui enchaînaient les films à longueur d'année. Cette soumission permanente à l'aléa, tout en faisant semblant de croire qu'on allait pouvoir domestiquer le hasard, lui paraissait injustifiable. Elle ne voyait autour d'elle que des êtres conscients de leur nature de marionnettes mais persuadés qu'ils étaient capables de tirer eux-mêmes les fils de leur propre destinée. Cela l'exaspérait.

Clorinde essaya d'expliquer son point de vue à Simon. Il n'y comprit rien. « Tu es sûre que c'est très pertinent de rationaliser à ce point ? Les pauvres, ils sont surtout totalement paumés, non ? » Couchée dans l'obscurité, elle sent ses bras autour d'elle, son souffle, mais n'a plus la force d'ouvrir les yeux. « J'ai l'impression que tu veux faire rentrer les choses dans une grille de lecture déjà toute prête. Je ne sais pas si la réalité est aussi intelligente que toi ! » Clorinde ne supporte pas que Simon, qui ne prend jamais aucun risque, aucune position, lui fasse ainsi la leçon. La rage l'envahit et soulève l'espace d'un instant l'épouvantable chape de plomb de sa fatigue. Elle répond, la mâchoire serrée : « Je ne rationalise pas, j'essaye de comprendre. Toi tu acceptes tout, Simon, tu acceptes tout, à force ce n'est même plus charmant, c'est minant. Il n'y a rien, jamais, qui pourrait te faire tomber de ton piédestal ? Quelque chose qu'enfin tu ne réussirais pas à accepter ? » Elle sent se relâcher un peu la pression exercée par Simon sur ses épaules, mais ne voit pas qu'il a ouvert les yeux, pour la regarder. Regarder la large veine, sur son cou, qui se gonfle en rythme. « Ma toute belle… » Il l'embrasse là, comme pour sentir l'afflux de sang « Accepter c'est parfois la meilleure façon de comprendre, tu ne crois pas ? » Excédée, elle lui tourne le dos. Mais elle reste enfermée dans l'anneau de ses bras.

26

Le voyage n'en finissait plus. Clorinde aurait préféré prendre le train, comme tout le monde, mais on ne lui avait pas demandé son avis. Le paysage était terne, répétitif. Milo conduisait sans rien laisser paraître d'un éventuel ennui. À quoi pensait-il ?

Clorinde regarde dans le rétroviseur central : à l'arrière, Louis lui sourit par reflet interposé, Juliette dort. Tiens, ces deux-là devraient se trouver des affinités et sortir ensemble. Elle est sûre que ça collerait. Réunis ainsi dans le cadre en plastique noir, ils forment un beau couple.

Ennuyeux, certes, comme tous les couples. Mais lisses, rassurants.

— Vous connaissez déjà le Luxembourg, vous ?

Louis fait un signe négatif de la tête. Milo lui répond sans lâcher la route des yeux.

— Non. D'après Daniela, c'est un mélange de banquiers riches et de maçons portugais, le tout dans un décor d'opérette.

— Chouette !

Ils ne voient rien de Luxembourg Ville sinon une frange de lumières lointaines trouant le calme du soir tout juste tombé. La fine pluie raye les faubourgs, oblique, obstinée. Elle provoque de jolis halos discrets autour du jaune orangé qui s'échappe de chaque lampadaire. Ils empruntent des routes de plus en plus sauvages et de moins en moins droites. Les arbres, dégoulinants, se pressent sur les bords, comme un peuple de vieillards résignés et hagards. La voiture s'enfonce dans cette éponge antique.

En sortant d'un virage, alors qu'ils n'espéraient plus rien, ils voient une tour d'immeuble se dresser, aussi fière qu'absurde, en plein cœur de la forêt. Guillaume, par des connexions occultes, avait réussi à négocier quarante chambres au Hilton, dont le confort clinquant était censé faire oublier à l'équipe la rudesse des conditions de travail. Pour l'instant ça ressemblait surtout à un HLM qu'un troll facétieux, ou distrait, aurait laissé tomber dans les bois.

Pour une fois, les membres de l'équipe n'avaient pas été répartis par niveau hiérarchique, mais par corps de métier. Milo était descendu de l'ascenseur au huitième, Louis au dixième, Juliette au onzième et Clorinde au douzième. À chaque étage, trois couloirs partent en étoile, si longs qu'on n'en voit pas la fin. C'est à peine si on perçoit des bruits lointains. Clorinde a l'impression d'être dans la trachée d'un monstre patibulaire en train de digérer. Ses pieds sur la moquette émettent un doux froufrou. Elle enlève ses chaussures, ses chaussettes pour sentir la laine contre sa peau.

En passant devant la 1208, dont la porte n'était pas fermée, elle reconnaît la voix de sa chef. Qui, croisant son regard, ouvre la porte en grand pour lui faire signe d'entrer – elle est au téléphone. Sa chambre est déjà un chantier, avec une imprimante de campagne en train de cracher des feuilles dans un coin. Agathe, à court de « Mmm » et de « OK », finit par raccrocher. Électrisée par ces longues minutes de calme forcé, elle dicte une liste de consignes à Clorinde, néanmoins on sent chez elle quelque chose d'inhabituel. Des hésitations, un tremblement dans la voix ? C'est difficile à définir, peut-être l'indice fugace d'une fragilité camouflée. À vrai dire, Clorinde n'a plus beaucoup de réserve de commisération pour Agathe, elle se contente de prendre des notes et quitte la chambre au plus vite.

C'est joli le bruit des portes qui se referment derrière soi, dans ces hôtels-là. Clorinde profite deux secondes du silence qui s'ensuit, immobile dans la petite entrée de sa chambre. Il fait noir et chaud. Elle va avec nonchalance tirer les lourds rideaux : sa chambre surplombe la forêt, elle entrouvre la fenêtre pour respirer son arôme mouillé. Une drôle de boule commence à se former dans sa gorge. Elle se sent en exil. En exil d'elle-même, en exil de sa vie. « Ma fille tu débloques. *You fucking freak !* » souffle-t-elle en allumant une frêle lampe à abat-jour. La boule continue à grossir. Elle se retourne vers le miroir, presque soulagée de se reconnaître. Se rapproche. Encore. Jusqu'à plaquer ses deux mains sur la surface fraîche. Encore. Jusqu'à se regarder dans les yeux. Encore, jusqu'à plonger au plus profond de ses pupilles. Elle a le visage collé maintenant à la glace, et ne peut retenir un ricanement désabusé. Non, décidément c'est tout noir là-dedans ! Tellement noir, qu'on se demande s'il ne s'agit pas d'un miroir sans tain. Toutes les chambres, identiques, avec les mêmes miroirs sans tain. Un gigantesque réseau de surveillance ! Peut-être qu'Agathe est de l'autre côté à l'observer ? Elle lui tire la langue. Ou Kalpert, ou Nathan ? Plutôt Alexandre en fait, c'est bien son genre. À moins… à moins qu'il ne s'agisse de Simon. Planqué dans la chambre d'à côté pour ne rien rater du spectacle. « Clorinde déballe ses affaires » « Clorinde boit un thé » « Clorinde se masse les pieds ». C'est ça Simon, tu veux me voir sans que je te voie ? Toujours là, mais jamais non plus. C'est fatigant, Sitronnel, tu sais ? Je suis fatiguée…

Elle essaye de dormir, mais n'y parvient pas. Elle part explorer l'hôtel. Tout y était si parfait, si tranquille qu'on pouvait se croire sur un paquebot, perdu au plein milieu d'un océan de bois. Elle monte au dernier étage pour contempler la vue impressionnante, descend au sous-sol jeter un coup d'œil à la piscine, flâne devant les boutiques en regardant sans y penser tous ces bijoux, tous ces foulards, et tous ces chocolats. Elle rejoint Viviane, Sibylle et Rachel au bar, dans une pénombre savamment étudiée. D'un beau brun rougi. Ensuite dîne avec Louis et Jeep croisés comme par hasard dans un couloir. Boit à nouveau un Daïquiri, puis deux, puis trois dans un autre bar, plus kitch, plus animé. Peut-être qu'après elle a même dansé ? Elle se souvient juste d'avoir respiré sans arrêt ses poignets pour y sentir son parfum. Et puis à la fin, et puis enfin, elle retrouve au fond d'un couloir sa chambre, son lit, et se couche. Étonnée de constater que la réalité, malgré ses arêtes tranchantes, n'a finalement pas plus de pesanteur que ça.

27

Clorinde retient son souffle avant de pénétrer dans la Maison Renard, dont le nom lui plaît tant. La Maison Renard ! Premier décor du Luxembourg, où trois semaines de tournage sont prévues. C'est une grande bâtisse posée au bord d'un jardin inquiétant, en plein centre-ville, comme il en existe des dizaines d'autres, mais celle-ci est abandonnée depuis des décennies et cela lui confère un air hautain, désabusé. Ses murs extérieurs sont râpés, parcourus parfois de lierres épuisés, et l'étroite terrasse qui s'ouvre à l'arrière a tout oublié des fêtes somptueuses qui se sont déroulées ici. Avec ses vitres cassées, ses marches effritées, ses rambardes rouillées, la demeure semble attendre de disparaître enfin sous le filet étouffant des ronces et des orties.

À l'intérieur règne la même atmosphère d'impuissante dolence. Un escalier de bois sombre, à double révolution, conduit au premier étage. Là, il suffit de pousser une fausse porte, maintenue par deux madriers, pour débarquer dans un tout autre univers. D'abord un palier des plus parisiens, avec une grille d'ascenseur et deux portes. Puis, derrière l'une d'elles, un long couloir desservant des pièces meublées avec goût : l'appartement de Franck et Alice. Clorinde passe du salon à la cuisine, du bureau à la salle de bains, stupéfaite. C'est comme si le couple venait de sortir, les traces de leur vie quotidienne sont partout perceptibles.

Traversant la chambre, la jeune fille débouche dans une salle de classe, puis un bureau très ministériel, un cabinet de dentiste et enfin une autre cuisine, qui n'a rien à voir avec la première. Elle remonte un corridor, oubliant qu'elle se trouve au cœur d'une maison luxembourgeoise en ruine, pour arriver directement dans sa chambre. « Ah, se dit-elle à la fois rassurée et déçue, je rêve, je vais me réveiller. » Mais elle ne dormait point.

Louis, sorti d'un placard avec un naturel confondant, débarrasse la cheminée de quelques bibelots puis plonge sous le lit. « Clo, tu peux m'aider une seconde ? » Il redresse le grand miroir que le père de Clorinde lui a offert avec émotion quand elle a quitté Jersey. « Sainte Marie Mère de Dieu c'est plus lourd qu'un orque de Patagonie, mais t'inquiète, on l'a bien protégé il est intact. Il faudrait qu'on le fixe là, au-dessus de la cheminée. » Ils soulèvent la bête et reculent. Clorinde peut voir dans le reflet la pièce danser, et le visage de Louis, et son visage à elle. Elle avait proposé à Jeep de venir chercher chez elle quelques objets, à force de l'entendre râler sur les réductions drastiques de budget, mais n'avait tout de même pas imaginé que le chef-décorateur en profiterait pour recopier aussi fidèlement la réalité. Elle s'attend presque, en voyant le lit défait, à y trouver Simon nu, assoupi.

« J'ai dormi là, c'était beaucoup mieux qu'au Hilton. » Louis sourit en remarquant l'étonnement de Clorinde. « Rien de tel, pour qu'un décor ait l'air vrai, que d'y vivre. C'est Cornelius qui m'a appris ça. »

En quelques secondes, le décor se retrouve envahi par les membres de l'équipe. Tout le monde fait la bise à tout le monde, même à Clorinde. Troublée de les voir réunis dans sa chambre, elle les écoute un temps se parler dans un sabir qu'elle ne comprend toujours pas. Quand elle voit qu'Agathe, sur le pas de la porte, lui fait des gestes comminatoires de la main, elle s'approche, tête basse.

— Enfin Clorinde, qu'est-ce que tu fabriques encore sur le plateau ? Tu ne trouves pas qu'il y a assez de monde comme ça ?

— Je filais un coup de main à Louis.

— À Louis ? Écoute ils sont douze à la déco, ils devraient pouvoir s'en sortir. Si tu veux donner un coup de main, descend plutôt aider la régie, ils sont débordés. Manon arrive dans quarante-cinq minutes, et Franck dans une heure. Je veux qu'ils passent en loge immédiatement…

Agathe s'arrête de parler en voyant Olivier approcher. Elle redresse les épaules, comme un soldat à l'approche du maréchal des logis.

— Agathe, je t'emprunte cette demoiselle quelques minutes, j'ai besoin d'une doublure lumière.

— C'est que… Clorinde a des choses à voir en bas. Mais moi je peux faire la doublure, Olivier, pas de problème.

— Sans vouloir interférer dans vos affaires, je préfèrerais que tu ailles voir en bas à sa place. Elle a la même couleur de peau et les mêmes cheveux que Manon. Une petite brune avec les cheveux mouillés, ça ne me sert pas à grand-chose. En tant que doublure lumière, s'entend.

Agathe tente de sourire… à l'arrivée on dirait plutôt qu'elle vient de mordre dans un citron sicilien. Elle regarde à peine Clorinde quand elle lui confirme d'un simple « Bon vas-y » qu'elle s'incline devant la toute-puissance d'un directeur de la photographie.

Toute la semaine, Clorinde sert ainsi de doublure lumière : elle trouve ça troublant. Agréable aussi. Cinq ou six personnes en train de la dévisager, mais voyant tout à fait autre chose que ce qu'elle est vraiment. Il faut rester immobile, avec le moins d'expression possible sur le visage, puis aux injonctions du directeur photo tourner le regard vers la droite ou la gauche, le menton vers le haut, vers le bas. La voix d'Olivier devenait soudain douce, il n'ordonnait pas, il susurrait. « Penche le buste en avant, encore un peu, voilà… tu peux monter ta main… encore… Regarde là… Avance lentement, arrête-toi à la marque… Refais le trajet, s'il te plaît… Tu peux le refaire encore ? » Avancer, reculer, s'arrêter. Recommencer. Sans raison. Sans que sa propre volonté y soit pour quelque chose.

Quand la caméra est près d'elle, elle doit parfois fixer le centre de l'objectif pendant qu'Olivier règle des projecteurs, des réflecteurs, des drapeaux, des languettes, fabriquant autour d'elle un réseau fragile et compliqué d'ombres et de lumières. Elle croise son propre regard dans l'œil écarquillé de la machine ; et souvent elle s'y noie.

Pour les plans à deux, c'est Nathan qui tient le rôle de Franck. Clorinde et lui refont les mouvements que Kalpert a déterminés avec les comédiens, en récitant parfois d'une voix monocorde une version allégée des dialogues. Il n'est pas question de jouer les scènes, mais même ainsi Clorinde a l'impression que les perspectives se renversent, que Manon rentre par effraction dans sa peau. Juste retour des choses.

Grâce à ces moments dans le Saint des Saints où le temps, suspendu, semble s'étendre comme une nappe d'eau, Clorinde se fait une idée moins imprécise de l'étrange messe qui se déroule une fois la porte du plateau refermée, une fois le moteur demandé. Mais elle n'a jamais le droit d'y assister. Elle va chercher Laura à la loge, la voit disparaître dans la lumière aveuglante et la fournaise du plateau, puis au bout de quelques dizaines de minutes, Agathe finit par sortir de la pièce avec un air grave, en clamant pour chacun, sans regarder personne : « Tout le monde à sa place. On va la tourner, silence s'il vous plaît » ; s'ensuit une longue plage de vide absolu, où l'on ne bouge plus. Jusqu'au fatidique « C'est coupé merci », agissant comme la seconde terrible où l'on crève la surface de l'eau après un trop long séjour dans les profondeurs, bouche grande ouverte pour aspirer une ample bouffée d'oxygène, qui sauve et broie tout à la fois.

Les heures s'empilent sur les heures, comme dans une bibliothèque poussiéreuse des livres qu'on ne lit plus. Les gestes, les regards, les paroles, à force d'être répétés quinze fois de suite devant la caméra, finissent par diluer tout sentiment d'existence. On refait, on refait, et peu à peu c'est la réalité même qui se défait, hachée menue par les « Coupez » tonitruants de Kalpert. Clorinde, en jeune intronisée, trouve quelque morbidité à cette cérémonie remplie de non-dits, mais l'humeur générale reste bon enfant. Jusqu'au retour d'Isabelle Vuimal.

— Qu'est-ce que c'est que ce taudis, on tourne *La Famille Addams* finalement ?

Plantée dans le hall sombre et glacial, l'actrice est dans un de ses mauvais jours. Choisissant in extremis la solution « Je suis idiote, je ne comprends pas ce que vous me dites », Clorinde lui répond par un « Bonjour » assaisonné d'un sourire incroyablement radieux. La star lui passe devant sans un regard.

— Mon Dieu, c'est une mauvaise plaisanterie ! On m'avait dit qu'on tournait en studio, pas dans une ruine de Sarajevo. Cette baraque va s'effondrer d'un jour à l'autre...

— Je vais vous amener à votre loge, si vous voulez bien me suivre.

— Parce qu'en plus les loges sont ici ? Aaaaaaaah.

Clorinde pile. Le cri perçant d'Isabelle Vuimal ne doit rien à cette mauvaise nouvelle.

— Il y a des rats, j'ai entendu un rat. Je suis allergique aux rats, aux souris, aux mulots. Où est Nathan, il faut que je lui parle.

— Je... je vais me renseigner. Mais la maison est saine, ça fait une semaine qu'on tourne ici, nous n'avons jamais vu de rats.

Isabelle Vuimal tape de son poing ganté dans une cloison qui se pulvérise comme un sablé nantais.

— Très saine, en effet ! Dites à Nathan que je l'attends dans ma voiture. Cyndie ? Cyndie tu es là ?

Une grande part de la matinée se passe en tractations. Nathan en premier lieu essaye les voies de la diplomatie pour convaincre l'actrice en colère de venir au moins visiter la loge qu'on lui a préparée, sans résultat. Kalpert, de mauvais gré, monte à son tour dans la BMW mais ne peut écouter très longtemps les arguments de Vuimal, qui répète pour la cinquième fois qu'une comédienne de son standing n'a pas à jouer les romanichelles. Il finit par couper court à la conversation en hurlant « Eh bien viens fagotée tel quel, sans maquillage, avec toutes tes rides et tes cheveux filasses, les gens seront ravis de voir à quoi tu ressembles en vrai ! » Quand Guillaume rejoint Isabelle Vuimal dans la voiture, elle est en train de composer le numéro de son agent en fulminant. Malgré tous ses efforts pour se contrôler, des bribes de phrases s'échappent de ses mâchoires serrées et Guillaume décèle avec effroi « mégalo de merde » « bouffer son contrat » « attraper le tétanos ou le sida » parmi ce magma en fusion. Elle le regarde avec la même expression qu'un contrebandier brandissant une barre de fer au-dessus d'un bébé phoque isolé, puis s'éclaircit la gorge « Carole, c'est Isabelle… je ne sais pas s'il y a un décalage horaire entre la France et la Bosnie-Herzégovine, mais rappelle-moi dès que tu te réveilles. Il faut qu'on parle. »

Guillaume sort de la voiture au bout d'une demi-heure. « Tout est arrangé », murmure-t-il épuisé à Nathan en regardant par terre. Puis il va voir Alexandre pour lui demander de trouver au plus vite un car-loge modèle « Grand Ranch », et de louer, en attendant, une chambre supplémentaire dans l'hôtel de luxe où dort Vuimal.

L'actrice arrive sur le plateau avec trois heures de retard, l'équipe est en train de terminer une séquence de remplacement, avec Hals seul. En apprenant que, par conséquent, elle ne tournerait sûrement pas avant le déjeuner, Vuimal hausse les épaules et regagne sa BMW en lâchant, philosophe et magnanime : « Comme quoi, j'avais raison, j'aurais pu dormir deux heures de plus. »

28

Au fil des jours, imperceptiblement, la forêt aux abords de l'hôtel se transforme. Les arbres voient à tour de rôle leurs feuilles changer de couleur, puis tomber. Tous les matins, l'esprit et les muscles engourdis par une nuit trop courte, Clorinde ouvre ses rideaux et reste, hébétée, devant ce tapis aux motifs toujours différents, assiégé par une brume insidieuse et létale.

Le dimanche, c'est à peine si elle parvient à dormir un peu plus, elle a pris le rythme. Elle en profite juste pour faire les choses sans se presser, luxe dérisoire peut-être, mais qui lui paraît inestimable. Au lieu de s'inquiéter du rendez-vous figurants, du thermos de café pour Laura, d'aller chercher Karine Frèche à la gare ou de raccompagner à temps Gilles Louvain-Laneuve à l'aéroport, elle peut traîner, l'esprit ailleurs. Ne plus penser à rien. Enfin ne plus penser à rien.

L'après-midi, elle s'offre une promenade dans les bois humides et craquants, puis remonte dans sa chambre, heureuse de n'avoir croisé personne. Elle se recouche dans le lit refait pour se laisser glisser avec volupté dans un sommeil léger comme une couche de givre. Rouvrant les yeux alors que la nuit est déjà tombée, il lui faut toujours quelques minutes pour comprendre qui elle est, où elle est, et pourquoi... Des minutes en équilibre où tout semble possible.

Le dernier dimanche, Clorinde descend moins tôt que d'habitude au restaurant. Laura Maupertuis, seule à une table, en train de terminer son brunch, lui fait signe de venir s'asseoir avec elle. N'est-ce pas un peu tard pour devenir amies ? Clorinde aurait préféré continuer à l'éviter.

L'actrice, de bonne humeur, lui pose des questions sur sa vie, ses envies de cinéma, la façon dont elle a apprécié ou non le tournage. Et Clorinde, à chaque fois, lui répond n'importe quoi, pressée de voir se terminer cette conversation absurde.

— Moi aussi, tu sais, c'est mon premier vrai tournage. Avant ça, je n'ai eu que des petits rôles, jamais plus de deux ou trois jours de présence. C'est beaucoup de stress, Kalpert est tellement exigeant !

— Oui, il a l'air.

Malgré le peu d'enthousiasme de Clorinde, Laura enchaîne.

— C'est un rôle difficile, et au lieu de m'aider, il me laisse dans le flou. J'ai décidé de la jouer plus machiavélique qu'elle n'est écrite, mais je ne sais pas ce qu'il en pense, on dirait qu'il fait exprès de me laisser dans le flou.

— Machiavélique ? C'est quand même elle qui se fait larguer à la fin, elle perd tout.

— Je ne sais pas, je n'ai jamais vu les choses de cette façon. Pour moi, la logique de ce personnage-là, c'est qu'elle finisse par quitter Franck, j'ai du mal à comprendre qu'elle ne se rebelle pas. Parfois je me demande si elle ne fait pas tout pour qu'il la plaque, histoire d'avoir le beau rôle.

— Mais elle l'aime !

Clorinde a presque crié, Laura l'observe avec un petit air amusé.

— Sûrement. N'empêche…

Clorinde écourte la conversation et regagne sa chambre. Toute la journée, elle lutte contre l'envie de se confronter aux images engrangées depuis tant de jours, ces images dont tout le monde parlait mais que personne ne voyait. Alors le soir, au lieu d'aller se coucher tôt, elle va frapper à la porte de Nathan.

« Oui ? » Il vient lui ouvrir, et bien qu'un peu surpris, lui sourit. Il porte un curieux pantalon, façon sarouel ; sa silhouette se détache sur un fond de fumée blanche, épaisse, envahissante qui sent fort la pomme et l'anis.

— Je suis désolée, je… Ça peut attendre en fait… T'inquiète, à demain.

— Entre, entre. Je viens juste de commencer ma pause narghilé.

— Tu as amené ce bidule dans ta valise ?

— Oui, je fume tous les soirs. Il n'y a que ça pour me calmer. Viens assieds-toi et essaye. Tu vas voir c'est formidable.

Il lui explique la marche à suivre ; ce qu'elle adore, plus que le goût suave du tabac parfumé, ce sont les grosses bulles qui viennent crever à la surface du vase et le bruit de roulis qui emplit la pièce à chaque fois qu'elle aspire dans le tuyau.

Nathan rapporte de la salle de bains un deuxième verre et sert du vin rouge à Clorinde.

— J'oubliais ! J'ai un aveu à te faire…

Avant de se rasseoir il appuie sur une touche de son ordinateur et une mélodie démarre, aussi ondoyante que les arabesques du narghilé. Clorinde la reconnaît sur-le-champ.

— Non ?

— Si… Je n'ai quand même pas changé d'avis sur les Beatles, ils sont nazes. Mais à force d'écouter la compile que tu m'as donnée à Sifnos, je suis devenu complètement accro à celle-là. Je la passe en boucle, j'ai honte.

— Ah ah ! Merveilleux. *And I love her* ! j'en étais sûre.

— Oui, elle est absurde, elle est parfaite, il n'y a aucune raison qu'elle s'arrête…

— Aucune !

Elle lui tend le tuyau du narghilé, et Nathan aspire un très long trait de fumée, qu'il rejette par petites bouffées, longtemps après.

— Dis-moi, Nath, tu pourrais me prêter les rushes ? J'aimerais bien regarder quelques images, je n'ai aucune idée de ce que vous faites à longueur de journée.

— Désolé. Personne n'a le droit de les voir, Kalpert met son veto.

— Je ne dirai rien, promis. J'y jette un coup d'œil vite fait ce soir et je te rends l'ordi demain à la première heure. Tu me connais, une tombe.

— Impossible, une règle c'est une règle. Même moi, je les copie sans les regarder.

La bague que Nathan porte au pouce cogne contre la partie métallique du tuyau à chaque fois qu'il le retire ou le remet dans la bouche. Clorinde regarde l'anneau, puis ferme les yeux quelques secondes en attendant le prochain cliquetis… Alors, elle pose la main sur celle de Nathan pour lui réclamer le tuyau du narghilé.

— Vous avez déjà couché ensemble, Simon et toi ?

— Ah non, tiens…

— Ça te choque que je te demande ça ? C'est qu'on connaît tellement mieux quelqu'un après avoir fait l'amour avec lui…

Elle inspire de la fumée – bouillonnement vigoureux – avant de continuer.

— Pas mieux, en fait, différemment. Sous un autre angle disons. C'est comme de faire des percussions avec quelqu'un, je te jure t'apprends plein de choses nouvelles.

— Ça me paraît un peu compliqué, de faire l'amour avec tous les gens qui nous sont chers, sous prétexte de mieux les connaître.

— Non, pas tous… Mais Simon et toi, vous avez un truc.

Soit parce que ses poumons sont pleins, soit pour ajouter quelque décorum à sa phrase, Clorinde l'enveloppe de fumée.

— J'ai compris quelque chose sur toi, Nath. Ça sera notre secret, si tu veux.

— Pas sûr…

— Si, si, si. En fait j'ai trouvé: Simon est ta projection dans le monde, il est censé faire ce que tu n'as pas le courage de réaliser. Et je me demande d'ailleurs si lui-même ne pense pas la même chose de toi.

Nathan réclame, main tendue, son tour de narghilé.

— Toi tu es le gars pratique, et lui le rêveur. Mais c'est toi qui devrais écrire, et lui vivre. Vous n'osez pas les gars, vous n'osez pas, et vous vous êtes réparti les rôles autrement! C'est pour ça que vous êtes si amis.

Comme d'habitude, au lieu de rétorquer quoi que ce soit, Nathan sourit en coin. Il verse le reste du vin dans les deux verres, puis se remet à fumer. Clorinde, d'un bond, le rejoint sur le canapé.

— Tu trustes ce narghilé, c'est pas très sympa. Toi tu y as le droit tous les soirs, tu te fumes ça en Suisse sans rien nous dire, à mon tour!

— Il en faudrait un par personne, j'ai horreur de partager.

Elle essaye d'attraper le tuyau, mais Nathan lutte ferme. Comme il se détourne pour aspirer une nouvelle bouffée de tabac, Clorinde se rue sur lui et plaque sa bouche contre la sienne pour lui voler le nuage avant qu'il ne l'avale. Elle boit goulûment la vapeur douceâtre, puis se rassoit au fond du canapé, hilare.

— Bien eu !

Il se tourne vers Clorinde : elle n'a rien d'autre à faire qu'à le regarder droit dans les yeux, il n'est pas de force à résister. Il laisse tomber le tuyau et se plaque contre le corps frissonnant de Clorinde.

Leurs baisers, forcément, eurent un goût de pomme. Un peu sucré.

29

L'équipe, avec la fin du tournage qui se rapprochait, devenait sentimentale. À peine avaient-ils râlé à l'idée de terminer par quatre nuits de tournage. L'important, c'était de voir le bout du tunnel, et de se dire que tout ça était passé trop vite. Après cette longue parenthèse dans un univers parallèle, on pouvait enfin évoquer la suite. Le retour à la normale. Clorinde y arrivait moins bien que les autres, elle qui pourtant avait si souvent rêvé de ce moment-là.

De quoi se souviendra-t-elle dans six mois, dans deux ans, dans dix ans ? Elle regarde l'avenue qui se perd dans l'obscurité et la brume, et croit voir son avenir. En cherchant son bonnet dans les poches de sa parka, elle retombe sur les chaufferettes que lui a données Sibylle. Une chaleur inespérée dans laquelle se couler.

Cette nuit, on tourne la rencontre entre Manon et Franck, dans un bar du centre-ville. Agathe a envoyé d'office Clorinde et Milo dehors. Ils doivent surveiller les environs, dévier les éventuels passants, bloquer les voitures égarées le temps de chaque prise. Clorinde vérifie l'heure, même si elle sait que c'était une mauvaise idée. 3h37. Cette nuit est interminable.

Depuis dimanche, elle a visionné à plusieurs reprises les six heures de rushes soutirées à Nathan. Pauvre Nath, il avait l'air si dépité le lundi matin quand elle lui avait tendu son ordinateur. « Juré, je n'en ai vu que trois pauvres images, je me suis endormie devant, tant pis pour moi. » Il semble tellement pressé de tout oublier ! Il ne doit même pas suspecter qu'en fait elle a tout copié sur son propre ordinateur pendant la nuit.

Elle ne sait pas quoi penser de toutes ces images qui se bousculent dans sa tête. Voir les mots de Simon devenir vivants en quelque sorte, débordants d'énergie et de réalité, l'a troublée au-delà de ce qu'elle avait pu imaginer. Manon a beaucoup plus de pesanteur, en tant que personnage, qu'elle même en tant que personne. Vivre ne suffit pas forcément. Manon, toute virtuelle qu'elle était, existait !

Un chien arriva depuis le fond de l'avenue. Il trottait presque gaiement. Il s'arrêta pour renifler la main de Clorinde, mais quand elle essaya de lui caresser la tête, il repartit. Il n'avait l'air ni fâché, ni dédaigneux. Il semblait juste un peu pressé d'aller là où il devait aller, rien de plus.

Et toi Clorinde ? Comment déterminer si ce reflet dans tes yeux c'est de la colère, des regrets ou de l'indifférence ? Comment disait ta mère déjà ? Et ta grand-mère avant elle ? *A penny for your thoughts* ? Si seulement…

Tout d'un coup il fait trop sombre. Ou bien tu es trop loin. On dirait que tu tombes à toute vitesse, comme une étoile au fond d'un trou noir. Tu as changé, tu as perdu ta transparence, je ne sais plus rien deviner de toi…

« Clorinde pour Agathe, Clorinde. Mets-toi en place, on la refait ! »

30

Clorinde rentra du Luxembourg épuisée. C'était comme d'avoir guéri d'une longue maladie : on est sauvé désormais, mais le corps ne le sait pas encore. On a beau lui dire que tout est fini, habitué à lutter il ne parvient pas à se reposer tout de suite. Il est crispé, aux aguets. Et puis de guerre lasse, sans que l'on comprenne bien comment, au moment où l'on n'espérait plus, il obtempère. Le sommeil peut revenir. Et avec lui l'oubli.

Quelques semaines plus tard, on changea d'année. Clorinde et Simon passèrent le réveillon ensemble, en tête à tête, yeux dans les yeux. À minuit, évidemment, Clorinde souhaita à Simon une bonne année, d'une voix qui ne tremblait pas.

Et pourtant, à peine trois mois après, elle le quittait.

Composition :
L'atelier des glyphes

Imprimé par LEGO en Italie
en Juillet 2014